ベリーズ文庫

ふつつかな嫁ですが、富豪社長に溺愛されています

藍里まめ

STARTS
スターツ出版株式会社

目次

ふつつかな嫁ですが、
富豪社長に溺愛されています

鬼社長は、私の前だと可愛くなる

　五月中旬。社屋の三階の窓際の席で、私はノートパソコンに向かい、ひたすら数値入力を続けている。

　派遣社員としてこの会社に勤めるようになり、ひと月ほどが経過した。

　どこの会社もそうだと思うが、派遣社員に与えられる業務は単純なものばかりでつまらない。けれども、難しいことを要求されても応えられないだろうし、つまらないということに文句はない。

　広々としたオープンスペースは、総務部と営業部の二部署で住み分け、パーテーションで区切られている。

　営業部の社員の出入りは激しく、電話も頻繁にかかってくるのに対し、私が配属された総務部の三十数名は黙々とデスクワークをこなしているだけで静かだ。

　時刻は十二時になろうというところ。

　座り続けての伝票処理に、関節が痛みを覚えていた。色気もないのに無駄に大きなこの胸のせいで、肩も凝って仕方ない。

ああ、体を動かしたい……と私は机の下でこっそりと膝を曲げ伸ばし、凝った首を回す。

上京した五年前、適当に見つけた派遣会社に登録し、以来、そこから紹介された職場で事務的な仕事をしている。

産休育休代理の、短期契約のところが多く、この会社は一年契約で五社目だ。

本当は事務よりも体を動かす仕事の方が性《しょう》に合うのだが、それについても文句はなく、就職難のこの時代に東京《とうきょう》で暮らしていけるだけの給料をもらえることに感謝しなければと思っていた。

時計の針がやっと十二時を指すと、隣の席の小山沙織《こやまさおり》さんが私の方を見た。

小山さんは私と同じ二十八歳だが、正社員であり、私の指導的立場にある。

ふわりとウェーブのついた上品な茶色の長い髪をひとつに結わえ、やや垂れ目の癒《いや》し系の顔。黒髪のショートボブで、化粧は控えめ、男勝りな性格の私とは正反対といってもいい、女性らしさのある人だ。紺色チェックのベストと、同色のタイトスカートに襟元にはリボンという同じ制服を着ていても、彼女からは可愛らしさ、私からはガサツさが滲み出ているような気がした。

加えて彼女は気遣いに溢れた人である。ここに派遣された私に気さくに優しく声をかけてくれたので、私も変に畏《かしこ》まることなく、自然体でいさせてもらえることがありがたい。

「浜野《はまの》さん、お昼に入ろう。早く行かないと日替わり定食が売り切れちゃう」と彼女が小声で誘ってくれたので、やっとデスクワークから解放されると私は喜んだ。

「よっ、その言葉、待ってました！」

少々おどけて答えたら、彼女はプッと吹き出してから慌てたように周囲を見回し、声を潜めて注意してきた。

「もう、笑わせないでよ。オフィスでは雑談禁止なんだから。うちの会社、社員の行動規範にうるさいんだよ。一族のお坊っちゃまが社長に就任した去年からは、ますます厳しくなって困っちゃう」

この会社は、『帝重工《みかどじゅうこう》』という旧財閥の流れを汲む大企業傘下のグループ子会社で、『帝重工環境《みかどじゅうこうかんきょう》エンジニアリング』という。社員数は約千人。省エネや排ガス、廃棄物処理に関する研究開発と技術提供が主な業務内容で、発展途上国のライフラインを整えたりと、ワールドワイドで社会貢献している立派な会社だ。

一族というのは、帝重工創始者の三門《みかど》家の人たちのことで、グループ会社の上層部には三門姓が多いそうだ。

昨年から社長に就任したそのお坊っちゃまとやらには、私はまだお目にかかったことはないが、小山さんが言うには、眼鏡の奥の瞳は氷のように冷えて、社員に対して常時威圧的な態度を取っているらしい。有能だとその手腕は社内で認められているそうだが、あまりの厳しさに〝鬼〟と陰口を叩かれてもいるようだ。

私としては、できることなら仕事は楽しく、和気あいあいとやりたい。

そんな甘い考えをしているので、社長にはぜひともお会いしたくない……というのが本音である。

財布とスマホを手に、小山さんと廊下に出る。

社員食堂はありがたい存在で、私が狙うのは一日限定百食の日替わり定食だ。四百円という安さに加えて、副菜の小鉢が三つもついてバランスがよく、ひとり暮らしの私の貴重な栄養源となっている。

階段で一階を目指し、並んでステップを下りながら、小山さんが「ねぇ、昨日の二十時からの歌番組見た?」と笑顔で話題を振ってきた。「見た、見た!」と私も喜び勇んで、それに食いつく。

水曜二十時から放送の『演歌《えんか》の小道《こみち》』は毎週欠かさず視聴している。

日本酒をちびちびやりながら演歌を聴くのが大好きで、北海道《ほっかいどう》の離島出身の私が上京した理由は、子供の頃から大ファンの五木《いつき》ひろし様に会いたかったから。

北海道より東京の方が断然コンサート回数が多く、生の歌声が聴けて幸せだ。

五木様だけではなく、鳥羽《とば》一郎《いちろう》や坂本《さかもと》冬美《ふゆみ》、忘れちゃいけない北島《きたじま》三郎《さぶろう》も大好きだ。

「昨日の放送は過去のヒット曲も聴けてよかったよね。ヒットするには理由がある。心のど真ん中にズドーンと入ってきて泣きそうだったよ」

私がしみじみと言えば、小山さんが隣で「うん、うん」と嬉しそうに同意する。

「やっぱり素敵よね」と彼女が言った後に、私たちは声を揃えて好きなアーティスト名を口にした。

「エグザイル」

「五木様」

ちょうど階段を一階まで下りきったところだった。同時に足を止めた私たちは、顔を見合わせて目を瞬かせる。

「浜野さん、今なんて言ったの？」

「五木様。五木ひろしだけど……あれ？」

どうやら小山さんが見た歌番組は『演歌の小道』ではないようだ。エグザイルは出てこなかったもの。

これは私のとんだ勘違いだと気づいて、「ああ～エグザイルね」と苦笑いしながら止めていた足を進めた。

すると一階の廊下へと踏み出した一歩目で、向こうから角を曲がってきた人に、不運にもぶつかってしまった。

階段前の廊下を左に曲がれば、エレベーターホール。その先に社屋の正面玄関がある。

ここは人の往来が活発なので、気をつけねばならなかったと後悔しながらも、この無駄に大きな胸で相手をボインと弾いてしまった。

「わっ！」と声をあげて一歩下がった相手は、見知らぬ男性社員。濃紺のスーツがよく似合う美青年で、私と同じくらいの年齢に見える。

引きしまった細身の長身で、張りのありそうな黒髪は清潔感を与えるビジネススタイルに整えられ、前髪はすっきり上げている。細い銀縁の眼鏡をかけていて、その奥の瞳は驚きに見開かれていたが、すぐに幅を狭めて冷たい視線を向けてきた。

「いや、すみません」と私は頭をかいて謝りながらも、ちょっとぶつかっただけでそこまで睨まなくても……と不満を抱いていた。

すると私の横で小山さんが「社長だよ、ちゃんと謝って！」と震える声で耳打ちしてくる。

え、この人が噂の〝鬼〟の？　こりゃ、参った。

両手をお腹の前で揃えて腰を直角に曲げ、「大変申し訳ございませんでした」と謝り直す。

心は少なからず焦っていた。せっかく新しい職場に慣れたところなのに、契約を打ち切られては困るという思いでいる。

優しい小山さんも、私の隣で一緒に頭を下げてくれた。

すると、「頭を上げろ」とすぐに声がかけられる。

それで許されたものだと気を抜きかけたのに、再び目にした社長の瞳の鋭さは変わらず、腕組みをして私の頭から爪先までに視線を往復させると、「所属と名は？」と厳しい口調で聞いてきた。

それを聞くということは、もう駄目かもしれない。総務の上司に連絡がいって、明日から来なくていいと言われそうな嫌な予感がしていた。

それでも尋ねられて答えないわけにはいかず、半ば諦めの気持ちで返事をする。

「総務部で庶務を担当しております、浜野夕羽《ゆう》です。派遣会社を通じ、四月から御社にお世話になっております」

その途端、社長の目が大きく見開かれた。

なぜか衝撃を受けているような彼に、こちらの方が驚かされる。

肩をびくつかせ、私はなにかおかしな返答をしたのだろうかと戸惑えば、「ゆ、夕羽ちゃん……？」と社長に呼びかけられた。

「はい？」

親しげに呼んでくれた理由はなんだろう。

首を傾《かし》げたその時、彼の真後ろから「社長、お時間が迫っております」という女性の声がした。

上品な水色のスカートスーツ姿の、秘書と思しき女性が彼の陰から現れて、「あと二分で定例会議が始まります」と淡々とした口調で告げていた。

それでハッとしたように、元の冷酷そうな雰囲気を取り戻した社長は、私たちとの会話を終わらせて横を通り階段を上っていく。

エレベーターを使わないのは、待っている時間がないと判断したためなのか。

私とぶつかったために、結局は時間をロスしてしまったようだけど。

駆け上がるようにして上階へと消えたふたりを見送ってから、私はただの感想として呟いた。

「社長って、怖いというより変わった人だね……」

それは独り言のつもりだったのに、小山さんが「んー」と可愛らしく唸《うな》ってから、答えてくれる。

「今は様子がおかしかったけど、いつもは怖いよ。なんにしろ、怒られなくてよかったね」

その言葉に「確かに」と笑顔で頷いた後は、気持ちは昼食へと戻される。

日替わり定食の売り切れを心配し、私たちは急ぎ足で社食に向かった。


それから三時間ほどが経ち、今度は終業時間を待ちわびながらのデスクワークが続いている。

どうしよう。頭が数字の大群に襲われて、苦しくなってきた。

こんな時には五木様の名曲を、頭の中に流そうか。

そう思い、キーボードに手を動かしながら『そして…めぐり逢《あ》い』を脳内再生してみた私だが、歌詞まで到達しないイントロの段階で、「浜野さん！」と隣の小山さんに注意された。

「鼻歌、歌っちゃ駄目だよ」

え、口に出てた？　これは失敬。

どうやら仕事中の演歌は慎《つつし》んだ方がよさそうだ。

小山さんに謝ってから、仕方なく性格的に不向きな数値入力に意識の全てを戻すことにする。

庶務の主な仕事は、今行っている伝票処理の他に、郵便物の発送や資料整理、備品の管理と発注などがある。ここに勤めてまだ日が浅いため、電話対応は内線のみと言われていた。

私のデスクには、隣との境目に固定電話が置かれていて、伝票処理に戻したはずの意識は、いつの間にかその受話器に逸れていた。

演歌が駄目なら、誰か内線でもかけてくれないだろうか。一時《いっとき》でいいから、単純作業の繰り返しから脱出したい。

すると、その願いが通じたかのように着信音が鳴り響き、伸ばされた小山さんの手をかいくぐるようにして、私は先に受話器を取った。

「はい、総務部の浜野です」

それは秘書課からの電話であった。社長室の電球が切れたから取り換えに来いという内容で、了解の返事をして電話を切った後は、願ったりだとニンマリした。

場所が鬼の社長室だというのは少々気になるところだが、私はもう怖いと思わない。なぜか私を下の名前で呼んだ社長に対しては、変わった人だという認識が新たに植えつけられていた。

私もこれまで出会った人に何度か『浜野さんて個性的というか、変わってるね』と言われたことがあるので、話せばきっとわかり合えるのではないだろうか。

ただの電球交換に、語り合う必要はないかもしれないけれど。

小山さんに呼び出し内容を伝えると、「脚立《きゃたつ》が必要だよね。男性社員にお願いした方が――」と言われてしまう。

「いやいや、私にやらせてくださいな。脚立なら指一本で持てる。力持ちなんで」

同世代の男性に比べたら、生物学的な筋肉量の差で負けるだろうけど、この会社の女性の中で一番力があると断言してもいい。

上京してからも、年末年始やお盆などの長期休暇は離島に帰省して、漁師である父の手伝いをしている。船舶免許だって持っているし、大漁の重たい網を不安定な船上で引き揚げる作業もする。

脚立のひとつやふたつがなんだというんだ。私に言わせれば、電球一個運ぶのとたいして労力は変わらない。

それよりもなによりも、デスクワークから解放されたいという一心で立ち上がり、カッと目を見開いて「私ひとりで大丈夫！」と迫ったら、小山さんは「う、うん。わかった。頑張ってね」と快く送り出してくれた。

備品保管庫は地下一階にある。そこまで行って、分厚いファイルで社長室の電球の種類を確認し、棚に並べられた段ボール箱の中から新しい物を探して手に取った。

それからドア横に立てかけられている脚立を「あらよっ」と肩に担ぎ、エレベーターで十五階まで上がる。

東京の一等地にある自社ビルの最上階が十五階で、重役たちの個室や応接室、会議室、秘書課がこのフロアにあるとオリエンテーションで説明を受けていた。

とはいえ、足を踏み入れるのは初めてのことで、エレベーターを降りるとキョロキョロと辺りを見回してしまう。

このフロアの雰囲気は、機能的で無駄のない他の階とはまったく異なっていた。ドアは全て濃い木目の重厚感と味わいのある立派なもので、床は毛足の短い藍色の絨《じゅう》毯《たん》敷き。壁には絵画が飾られて、高級ホテルのようなしつらえだ。

ホテルと違うのは、フロアの中央辺りにある秘書課の壁の一部がガラス張りとなっていて、机が八つほど並んだ室内がはっきりと見えているところだろう。

社長室を探して秘書課の前をゆっくりと通ろうとしたら、私に気づいた秘書がひとり、廊下に出てきた。

その人は昼休みに社長にぶつかった時にも居合わせた女性で、「浜野さんに連絡いたしました、津出恋歌《つでれんか》です」と名乗ってくれた。

恋歌とは、また素敵なお名前で。

演歌には恋の歌が多く、坂本冬美の『また君《きみ》に恋《こい》してる』が大好きだ。五木様の新曲『恋歌酒場《こいうたさかば》』は言わずもがな。

いいお名前ですね、と感想を述べて演歌は好きかと聞きたかったのだが、どうやらそんな雰囲気ではないようだ。

津出さんはいかにも重役の秘書をしていそうな知的美人で、年齢は私よりふたつか三つほど上ではないかと思うのだが、それ以上に大人っぽい印象を与える。

それは老けて見えるということではなく、頼りがいのありそうな、落ち着いた雰囲気を纏《まと》っているという意味だ。

艶《つや》やかな長い黒髪はサイドをさりげなく編み込んで、それをひとつに結わえ、上品で控えめなベージュのリボンで飾っている。切れ長の二重の瞳にはクールな美しさがあり、気軽に声をかけづらい印象でもあった。

ニカッと歯を見せて笑顔を作る私に対し、彼女はニコリともしてくれず、どことなく侮蔑《ぶべつ》的な感じのする目を向けるだけ。「社長室はこちらです」と事務的な口調で言うと、先に立って歩き出した。

うーん、話しかけにくいタイプの人だね。

しかし、社長の秘書を務めるからには相当に優秀なのだろう。常に気を張って仕事をしていることであろうし、どうしても冷たい印象になってしまうのかもしれない。

日々、昼休みと終業時間を気にして呑気《のんき》に働いている派遣社員の私からすれば、尊敬すべき立派な女性に違いない。

肩の上の脚立をガシャンガシャンと揺らしながら彼女について廊下を歩き、角を一度曲がって進んだ先の突き当たりに、【社長室】と書かれたプレートがついていた。

津出さんがノックすると「どうぞ」という低い声が小さく聞こえ、電子錠が解錠された音がした。

ドアを開けて「失礼します」と一礼した彼女は、横に一歩ずれて私を中に通してくれる。

「あ、どうも失礼します。総務の浜野です。電球を取り換えに来ました」

社長室の中はホテル的な豪華さはなく、シックな色合いの機能的な空間だった。

L字型の大きな執務机が奥に設置され、中央には椅子が八脚のミーティングテーブルがある。ドアに近い側の窓際にソファセットがある他は、書類の詰まった書棚と最新式のコーヒーメーカー、背の高い観葉植物の鉢に、稼働中の空気清浄機が目についた。

社長は木目の天板の執務机に向かい、右手にペンを持っていて、用向きを口にした私に頷いた。

その口元は微かに弧を描いたように見えたのだが、すぐに微笑みは消され、不機嫌そうな声を聞く。

「切れているのは、そこの電球だ。津出は下がっていいぞ」

そこ、とペン先が向けられた方を見れば、ふたり掛けの黒い革張りソファの上辺りに、天井埋め込み型のライトがある。

時刻は十五時を回ったばかりで明るく、まだ電気をつける必要はない。それなのに、なぜ電球切れに気づいたのかと、少々不思議に思いつつも、ソファの後ろに脚立を広げてセットしていた。

すると、「どうした?」と問いかけられる。

「はい?」と社長に振り向けば、その視線はドア前に佇《たたず》む津出さんに向けられており、どうやら問いかけの相手は私ではないようだ。

　彼女は微かに顔をしかめ、首をわずかに傾げている。なにかを疑問に思っている様子だが、それを口に出さずに「いえ」と答えると、「ガリッサの地質調査の件ですが――」と業務について話そうとしていた。

　けれども、社長に厳しい声色で遮られる。

「それを検討するのは早いと言っただろ。情報不足で判断できない。現地担当者に、明後日の朝までに報告書をあげろと言っておけ」

「現地責任者の佐々木《ささき》さんが、明日は有給休暇を取られるそうですが……」

「取らせるな。仕事を優先させろ。話は以上だ」

　ふたりの会話を聞きながら、社長は噂通りの鬼なんだと、認識を戻していた。

　佐々木さんとやらは、なにか特別な事情があって有給休暇を申請したのかもしれないのに、問答無用で休まず働けとは、随分と厳しいことを言う。

　思わず眉を寄せた私とは違い、津出さんは真顔で「わかりました」と了承する。それから脚立に手をかけたまま固まっている私に対し、早く電球交換をしろと言いたげな視線を向けてきた。

　ハッとした私は彼女に背を向け、与えられた仕事に取りかかろうとしたが、社長が

「津出」と苛立ちを滲ませる声で呼びかけたから、またしても意識がふたりの会話に戻されてしまった。

「はい」

「いつまでそこにいるつもりだ。俺は下がれと言ったよな」

「……そうでした。申し訳ございません。失礼します」

彼女は出ていき、パタンと閉められたドアに電子錠がかけられる音がする。

静かになった社長室内で、私はすぐに意識を天井ライトに移した。

膝丈タイトスカートであることを少しも気にすることなく、脚立を二段目まで上がったら、あれ?と目を瞬かせる。

ソケットに電球がなく、すでに取り外されているのだ。

どうして……?

交換しに来いと連絡しておきながら、自分で先に外す意味がわからない。

そう思っていたら、突然後ろから二本のスーツの腕が体に回され、抱きしめられた。

「へっ!?」と間抜けた声をあげて、これは誰の腕かと考えさせられたが、この部屋に私以外の人物は社長しかいないのだ。彼に違いない。

背中の中央辺りには、社長が頬ずりしているような感触が伝わってくる。

目を丸くして驚き、「あの……」と問いかけたら、「夕羽ちゃん、まだわからないの？　俺だよ。会いたかった」と吐息交じりのしみじみとした返事をされた。

「えーと、どちらの俺様でしょう？」

きっと彼は人違いをしている。

私の記憶にある限り、こんな大企業グループの御曹司に知り合いはいない。

そもそもどこで知り合えというのだ。

五木様のコンサートで、隣の席で仲良くなったおじいちゃんが、実は変装していた社長だったというなら話はわかるけれど。

「とりあえず、この腕を解いてお顔を拝見してもよろしいでしょうか？」と頼んでみる。

私だって一応年頃の女だ。

男勝りで演歌と日本酒をこよなく愛し、年配の男友達は豊富でも彼氏は過去にひとりだけという色気のない人間だが、こんなふうに抱きつかれたら鼓動は速まる。

もっともそれは彼を異性と意識してというよりは、ただ単に驚いているだけなのかもしれないが。

腕を放してくれたので、電球を脚立のてっぺんに置いてから、絨毯敷きの床に足をつけ、私は社長と向かい合った。

冷たい印象だった瞳は眼鏡の奥で弓なりに細められ、口角を上げて白い歯を覗かせて、鬼の片鱗《へんりん》も感じさせない素敵な笑顔だ。

端整なその顔を数秒見つめてから、視線を全身に流す。

背が高いよね。百六十五センチの私と目線の高さが二十センチほど違うから、百八十五センチはありそうだ。四肢はスラリと長く、それでいてさっき抱きしめられた時には、その腕にほどよい逞《たくま》しさを感じた。

さすがは御曹司と言いたくなる高級そうなスーツや黒い革靴、腕時計がよく似合っている。

ひと言で表すなら、彼はハイクラスのイケメンだ。

失礼にも腕組みをして観察し、「うんうん」と頷いているのは、思いついたハイクラスのイケメンという表現に満足しているからであり、彼が過去の知り合いと合致したからではない。

「思い出してくれた?」と期待にますます笑顔になる彼に、私は苦笑いして頬をポリポリとかいた。

「いやー、さっぱり。すみませんね。人違いでは?」

そう指摘したら、彼の広い肩がストンと落ちて、目に見えて落ち込んでしまった。

「俺にとっては大切な夏だったのに、夕羽ちゃんは簡単に忘れてしまうのか。俺を屋敷の中から連れ出して、素潜りや小蟹獲りを教えてくれたのは君なのに。嘘みたいに綺麗な夕日の前で『また会えるよね？』と聞いたら、『もちろん』と笑ってくれたのに……」

社長は悲しげな目をして、足元に向けてブツブツと恨み言を呟いている。

それを聞いて、頭にひとりの男の子の顔が浮かんできた。

ぽっちゃりとした色白の丸顔で、前髪がやけに直線的な坊ちゃんカット。私よりひとつ年上だけど、年下みたいに頼りなくて可愛い、あの少年の名は〝よっしー〟だ。

あれは確か、小四の夏休み。

私の生まれ育った人口五百人ほどの離島に、どこぞの金持ちの息子がやってきた。

それまで二階までの建物しかなかった島に突然、三階建てのお洒落な洋館が短期間で建てられて、島民たちは何事かと騒いでいた。

そうしたら、空気の綺麗なこの島に、喘息治療目的でやってくる子供が、ひと夏だけ住まうための屋敷だと村長に聞かされて驚いた。

その時に初めて、世の中には想像を超えたお金持ちがいることを知ったのだが、そこはまだ十歳の無邪気な私なので、普通にインターホンを鳴らして『あーそーぼ』と声をかけたのだ。

島には小学生が二十人ほどしかいなかったから、同じ年頃の子供は格好の遊び相手。しかし、彼の世話をする執事のような黒服の怖いおじさんが出てきて、野良犬を追い払うように追い返されてしまった。

それがかえって私の、一緒に遊びたい魂に火をつけた。

こっそり屋敷の裏口から侵入して、よっしーに会い、『外は楽しいよ！』と連れ出しては、島の子供の遊び方を教えた。

黒服のおじさんに見つかったら、彼は連れ戻されてしまうけど、鬼ごっこか隠れんぼのような気持ちで、逃げるのもまた楽しかった。

懐かしい十歳の夏休みの遊び相手。

あのぽっちゃり色白、ひ弱な坊ちゃんが、このハイクラスのイケメンだというのだろうか？

変わりすぎて、面影が見当たらないのだけど……。

「よっしー？」と戸惑いながら問いかければ、落ち込んでいた彼がパッと顔を輝かせた。

「よかった、思い出してくれた！　そうだよ、夕羽ちゃん。よっしーと呼ばれるの懐かしいな。本名は忘れたと思うけど、三門良樹《よしき》だよ」

「いやー、すぐに思い出せなくてごめん。変わりすぎなんだよ。私の中のよっしーは、背も小さくて可愛い弟みたいな子だったのに。喘息は治ったの？」

彼の持病だった喘息は、大人になると症状の程度も発作頻度も下がり、今ではストレスが過度に高まった日の夜中に、たまに息苦しくなるという程度らしい。それも吸入薬をひと吹きすれば、すぐに治るのだとか。

それはなによりと思った後は、「夕羽ちゃんも変わったよ。すっかり大人の綺麗な女性になって、名前を聞くまでは気づけなかった」というツッコミどころのある感想を聞かされる。

綺麗な大人の女性とは、津出さんのような人を言うのでは？　小山さんも美人だけど、あっちは可愛いタイプだよね。

そういえばよっしーは、捕った小蟹を素揚げにしようと言った私を止めて、海にリリースするような優しい子だった。今もきっと気を使って褒めてくれたのだろうと判断し、私はアハハと笑ってその肩をバシバシと叩いた。

「お世辞や慰めはいらないよ。私は昔からガサツな性格で、女らしくできないんだよね。したいとも思わないけど」

するとか彼が、なぜが眼鏡を外してスーツの胸ポケットに入れた。

「この眼鏡、度は入っていないんだ」と、かける必要性を尋ねたくなるようなことを言われたが、私はゴクリと唾を飲み込むだけで言葉が出てこない。

彼の雰囲気が、急に変わったように見えたのだ。

奥二重の涼しげな印象の瞳は、どこか挑戦的で大人の男の色気を醸している。高い鼻梁《びりょう》の下の血色のよい唇は蠱惑《こわく》的な弧を描き、チラリと覗いた舌先は下唇を湿らせてからすぐに白い歯の奥に引っ込んだ。

私の頭には、風情ある北国の酒場で、女性を口説こうとしている渋い中年男性の映像が勝手に浮かんできた。これは細川《ほそかわ》たかしの『北酒場《きたさかば》』の世界だ。

やめておくれよ。あの歌詞のように、ちょっとお人好しなところはあっても、私は口説かれ上手ではない。急に色気を溢れさせて、私をどうしたいというんだ。

思わず後ずさろうとしたら、脚立に片足をぶつけて「痛っ！」と声をあげた。

「大丈夫？」と心配しつつ、彼は片手で脚立のフレームを掴む。

倒れないように押さえてくれたのかと思ったが、私たちの距離をさらに近づけようと目論《もくろ》んだようにも捉えることができる。

「俺たちはもう子供じゃない。夕羽も変わったよ。充分に」

ちゃん付けを急にやめて呼び捨てる理由も気になるけれど、それを尋ねる余裕はなかった。脚立とソファに挟まれて、私は逃げ場を失い、わずか半歩の距離まで詰め寄られていた。

身の危険を感じ、笑顔は引きつったものに変わる。

「そ、そうなのかな。どのへんが？」と、動揺を隠せない声で会話を続ければ、

「例えば、ここ」と、重低音の色めいた声で言われる。

「十歳の頃はまだ膨らみかけの蕾《つぼみ》だったのに、今ではこんなにもたわわな実をつけて……」

彼が私の胸を指差した。

胸に触れないギリギリのところにある人差し指に、私が心臓を跳ねさせたら、体もビクリと大きく揺れる。するとそのせいで、彼が私の胸をつついた形となってしまった。

意図せずに触れたのだとしても、こういう場合は大抵『ごめん！』と男性が謝るものだと思っていた。

しかし彼は「あ」と言っただけで、慌てることなく嬉しそうに口の端をつり上げる。

「触ってもいいってことだよね」と勝手な解釈をして、私の胸の下に手を添えると、その重みを量るかのように上下に揺らした。

最初につついたのは仕方ないことだとしても、これはセクハラでは……？

いくら懐かしい遊び相手でも、こんなことをされたら私は困ってしまう。『キャア！』と可愛らしく叫べる性格ではないけれど、恥ずかしさはしっかりと感じていて、頬は熱く心臓は大きく波打っていた。

冷や汗をかきつつ、ボインボインと揺らし続ける彼の手首を掴んで止めたら、「触らせてよ。夕羽の成長を感じたい……」と、ゾクリとするような甘い声を出された。

焦る私は早口になる。

「いやいやいや、八ボインもすればもう充分に成長がわかったでしょう。うん、そうだね。私も変わった。そういうことにしておこう。それともアレかい？　君は巨乳好きなのかな？」

巨乳好きかと問いかけた理由に深いものはなく、とにかくなにかを話して、この北酒場な空気を変えたかっただけなのだ。

すると彼はなぜか衝撃を受けたような顔をして、その後に「違う！」と慌てて弁解を始めた。

「俺は胸の大小で女性の価値を決めるような男じゃない。夕羽ちゃんだから……夕羽ちゃんのおっぱいだから好きなんだ！」

「そ、そうなんだ。巨乳好きかと聞いて悪かったよ。だからお願い。もう少し離れて、落ち着いて話をしよう。ね？」

私たちには明らかな温度差がある。素っ気ない再会よりは興奮してくれる方が嬉しいけれど、もう少しテンションを下げてくれないとついていけない。

引き気味の私に気づいたのか、彼はハッとした顔をして、それから「ごめん」と呟き、さめざめと泣き出した。

今度はどうした⁉

情緒が不安定すぎるでしょう……と面食らう私に、彼は急降下したテンションでわけを話してくれる。

「嬉しくて調子に乗ってしまったんだ。夕羽ちゃんは死んだものだと思ってたから、喜びが突き抜けて、つい……」

「へ？　どうしてそんな思い込みを？」

生まれてから一度も大病したことはなく、健康優良児として育ったのに、なぜ死亡説が湧いたのかと目を瞬かせる。

親指の腹で涙を拭った彼は、こんな話をしてくれた。

「俺は騙されてたんだ――」

ふたりで遊んだあの夏の終わり、再会を約束して、よっしーは東京へ帰っていった。

半月ほどして私に手紙を書いたそうだが、待てど暮らせど返事は来ない。

返事の催促をはっきりと記した手紙を再度送っても音沙汰なく、そうしたら母親に『あの子は海難事故で亡くなったのよ』と教えられたそうだ。

それを聞いて、なるほどと私は頷いた。

あの夏休みは彼にとって相当に楽しかったようだから、きっと東京に戻っても島や私のことばかり話していたのだろう。それがおそらく彼の母親を不安にさせたのだ。

島に建てられた洋館に滞在していたのは、彼と黒服の執事のようなおじさんと、使用人風の男女が数人で、よっしーの親はいなかった。

黒服のおじさんは彼の母親に、坊ちゃんにまとわりつく害虫がいたとでも、私のことを報告したのだろう。それで彼の母親は、早く私のことを忘れさせなければと焦ったに違いない。

手紙については、私は受け取っていない。『出しておきますよ、お坊ちゃま』と手紙を預かった使用人が母親に渡し、捨てられた可能性が考えられる。

私に随分と懐いていたよっしーだから、死んだと聞かされて、大泣きしたことだろう。

「そうだったんだ。それはつらかったね……」

さっきまで若干後ろ向きに動いていた気持ちは、彼への同情と好意的な温かい思いに変えられて、この胸に広がる。

私と過ごしたひと夏が、今でも彼の中でキラキラと輝いているのは、ロマンチックで素敵だ。

そんなにも恋しがってくれたとは、もしかして私は、よっしーの初恋相手なのかもしれない。

くすぐったいけど、嬉しいよ。

いきなり胸をボインボインしたことは忘れてあげよう。

「こうして再会できたことに、運命的なものを感じるね。私もまた会えて嬉しいよ！」

そう言って満面の笑みを向ければ、花が咲いたように彼の顔がパッと明るくなった。

それには見覚えがある。

あの夏の私は、彼の住まう屋敷に毎日忍び込んだ。

裏口のドアに鍵をかけられて入れなかった時は、外壁に梯子《はしご》を立てかけて、二階にある彼の部屋の窓にひょっこりと顔を出し、『よっしー！』と呼びかけたのだ。

その時の、私に振り向いた少年の笑顔に似ている。

面影、見つけた。

彼は確かに、懐かしくて可愛いあの少年だ。

「よっしー」と親しみを込めて呼びかければ、「夕羽ちゃん！」と嬉しそうに抱きついてくる。

長身の彼なので、腰を落としてその顔を私の胸に埋め、肉感を楽しむようにスリスリと……。

「生きていてくれてありがとう」

セクハラ……だけど、まぁいいか。

可愛いよっしーだから許してあげようと、私は彼の頭を抱えるように腕を回し、その髪をよしよしと撫でていた。

友達の距離じゃない

懐かしい友との再会から十日ほどが過ぎた金曜日の午後、私は脚立を担いで電球を手に持ち、十五階へと向かっている。

エレベーター内には私しかいないため、思いきり頬を膨らませてから、溜めた空気を一気に吐き出し、「なんなんだ……」と呟いた。

時間はまちまちだが、平日は毎日社長室に呼び出されている。よっしー、いや社長から直々の内線電話が総務部にかかってきて、『天井ライトが切れたから今すぐ取り換えに来い』と私を指名して命じるのだ。

最初の二、三日は『そんなに電球切れが続くのはおかしいよね。欠陥品なのかな?』と電球の品質を心配していた小山さんも、三日前あたりからは『ええと、そろそろ教えてくれないかな。社長とどんな関係?』と聞いてくるようになった。

他の総務部の人たちも、私に訝《いぶか》しむような目を向けてくるし、仕事がやりづらくて仕方ない。

昔一緒に遊んだ仲だと言ってしまえば楽なのかもしれないが、それをよっしーに禁じられている。

再会した日に、会社ではただの上司と部下の関係を装ってくれとお願いされていた。それは社長としての威厳を保ちたいからで、厳しい鬼の顔しか社員に見せたくないそうだ。

度の入っていない眼鏡をかけているのも、少しでも凄みを増したいというのが理由らしい。

確かに眼鏡をかけた方が、実年齢より少々上に見えるかもしれない。外すと表情がいくらか和らいで見える気もする。

二十九歳という若さで、自分より遥かに年上の社員を引っ張っていくために、彼は無理をして鬼の仮面を被っているのだと知った。

それならば、気安く声をかけないように気をつけるし、なるべく接近しないようにしようとも思うのに、こうして毎日呼び出される。

彼との友人関係を秘密にしつつも、不自然に思われずに社長室に通うのは、私には難しい芸当であった。

エレベーターは十五階に到着する。

すぐ近くには秘書課のガラス張りの壁があり、数人の秘書がデスクワークをしている様子が見えた。

その中に津出さんの姿もある。今日の彼女は上品なオフピンクのスカートスーツを着ていて、私に背を向けて座っている。

気づかれたくないと思い、担いでいる脚立が音を立てないように注意しながら、意味もなく中腰で、そろりそろりと秘書課の前を通り過ぎた。

しかし気を抜く間もなく、秘書課を過ぎたすぐの廊下で、「浜野さん、またですか」と後ろから呼び止められてしまった。

ビクリと肩を震わせて振り向けば、廊下に出てきた津出さんが、足早に私に近づいてくる。

「いやー、本日はお日柄もよく、実に電球交換日和で」とヘラヘラと笑い、「それでは、ちょっくら取り換えてきます」と歩き出そうとしたが、それを許してはもらえない。

彼女は綺麗な顔をしかめて「お待ちなさい」とピシャリと言い放ち、さらに歩み寄って私の進路を塞《ふさ》ぐように立った。

「社長室には十二個のダウンライトを使用しておりますが、ＬＥＤ電球に付け替えたのは五年前です。耐用年数は十年以上のはずなんですけど、おかしいと思いませんか?」

つまりは電球切れのはずがないと言いたいようだが、それは私も同意見だ。

思わず頷きそうになり、慌てて首を横に振って言い訳を探した。

「イッツ、ミステリー。いやー、不思議とは、意外と身近なところに潜んでいるものなんですね」

「なにを言っているのかわかりません。ごまかそうとしたって、そうは――」

津出さんの綺麗な眉間に深い皺《しわ》が刻まれた時、斜め後ろにある秘書課のドアが開いて、助け舟を出してくれる人が現れた。

「恋歌ちゃん、受付から電話。ランスタッド社の高藤様《たかとう》がお見えになったたって」

それを伝えたのは、津出さんより年上の、三十後半くらいに見える女性秘書だ。

「えっ⁉」と驚いた顔をした津出さんは、「約束の時間まで三十分もあるのに、早すぎます!」と文句を言いつつ、慌てたように秘書課内に駆け込んだ。

どうやらこっちに構っていられる状況ではなくなったようで、私はホッと息を吐き出して、止めていた足を先に進める。

よかった。あまりしつこく追及されたら、友達だから呼び出されるんだと、うっかり言いそうになるよ……。

よっしーが私を呼び出す理由は、懐かしい昔話がしたいためなのだろう。そのために、まだ使える電球ひとつを彼が外してから、電球交換を口実に私を呼ぶのだ。会いたいと思ってくれるその気持ちは嬉しく、非常に怒りにくいけれど、今日あたり、そろそろいい加減にしてくれと言わなければ、私が困ることになる。

廊下の角を曲がって直進し、社長室のドアを叩くと、電子錠が解錠された音がして、すぐに内側から開いた。

開けてくれたのは社長自らで、彼はまだ偽りの鬼の面を被っている。

眼鏡の奥の眼光は鋭く、近くに誰か他の人がいないかと廊下に素早く視線を配り、それから「入れ」と私を中に入れた。

「まいどおおきに。電気屋です」と適当な挨拶をしてズカズカと入り込んだ私は、部屋の中央にあるミーティングテーブルの横で脚立を下ろした。

後ろでドアの閉められた音が聞こえ、その直後に「夕羽ちゃん！」と弾む声がして、背中にドスンと飛びつかれたような衝撃を受けた。

「うわっ！」と驚きの声をあげたら、逞しい二本の腕に背中から力一杯抱きしめられて、耳元に嬉しそうな声を聞く。

「ああ、夕羽ちゃんだ。ものすごく会いたかったから、こうして抱きしめるのが随分なにを言っているのかと呆れながらも、「そうだね」と淡々とした調子で同意してあげる。

「昨日も大体この時間に呼び出されたから、二十四時間ぶりだね。よっしー、久しぶり」

「二十四時間と五分ぶりくらいじゃないか？　今日は呼び出してから来るまで遅かった。俺のスケジュール、詰め詰めで、時間取るのが難しいんだよ。もっと急いで来て」

「あんたの秘書さんの苦情を聞いてたから遅れたんだよ。私は悪くない。誰が悪いのかと言えば……よっしーくん、君だよ！」

体に回されている腕を解いて彼に向き直り、片足を踏み鳴らしてきっぱりと文句を口にした。

「毎日呼び出すのはやめて。社長とどんな関係かと聞かれても、君が秘密にしろというから友達だと説明もできない。笑ってごまかしてコソコソと来なければならない、私の身にもなってみて！」

目を瞬かせて聞いていた彼の眉が、ハの字に下がる。

「夕羽ちゃん、困ってるの？」と問いかける声は寂しげで、傷つけてしまったのかと久しぶりに感じられるよ」

心がチクリと痛んだが、ここで許してしまえば元の木阿弥《もくあみ》。

「困ってるよ！」と正直な気持ちで答え、腕組みをして頬を膨らませてみせた。

「そうか……ごめん」と素直に、力なく謝った彼は、私から離れてゆっくりと執務机に向かう。黒い革張りの肘掛け付きの椅子に腰を下ろしてパソコンに向かい、マウスを動かしながら物憂げな表情をしていた。

反省してくれたようだから、きっと呼び出されるのは今日でお終いだろう。わかってくれたなら、それ以上文句を言う必要はない。

仕事に戻った様子の彼を見て、私も庶務の仕事に取りかかる。

真上には電球の取り外されたダウンライトの穴があり、脚立に上って真新しい電球をソケットにねじ込んでいると、静かに仕事をしていた彼が、ボソボソとなにかを呟いていた。

「夕羽ちゃんに会いたい。話したい。毎日顔が見たい。この気持ちは、どうすればいいのか……」

脚立の上から首を捻って彼を見ても、視線は合わない。

独り言だったのかもしれないが、寂しそうな彼に慰めのつもりで返事をする。

「その気持ちは嬉しいよ。私もこうして、よっしーと話ができるのは楽しいと思ってる」

それでも、これからも呼んでくれて構わないとは言ってあげられず、「でもね――」と我慢を促そうとしたら、「そうだ！」と、なにかを閃《ひらめ》いたような大声に遮られてしまった。

同時に机を思いきり両手で叩いて音を立てるから、「わっ！」と肩をびくつかせて驚いた私は、脚立のてっぺんでバランスを崩しかける。

「おっとっと」と前後に揺れた体は、こらえることができずに後ろへと傾いて、背中から落ちようとしていた。

危険な落ち方に慌てても、どうすることもできない。

衝撃を覚悟して目を瞑《つぶ》った私だが、床に打ちつけられることはなく、逞しいスーツの腕と胸に抱きとめられていた。

「あ、ありがとう……」

助けてくれたのはもちろん、よっしーで、横抱きにされて冷や汗を拭う私に、彼は嬉しそうに提案した。

「いいこと思いついた！　こうして呼び出さなくても毎日会える方法」

「どんな？」

「夕羽ちゃんが俺の家に引越してくればいいんだよ」

意表をつかれたアイディアに、私は口をポカンと開けて考え中。

それはつまり、私が彼の自宅で寝起きするということで、ルームシェアというやつではないだろうか。

いやいや、それは無理だよ。

お金持ちの彼の家はすごそうだ。家賃負担を求められても払えないし、ハイクラスのイケメンに成長した今の彼なら、彼女のひとりやふたり、いるのでは？

一応女の私が同居しているのはまずいでしょう。

そう思って「せっかくだけど——」と断ろうとしたら、興奮気味の彼にまたしても言葉を遮られる。

「善は急げだ。今日から同棲しよう。夕羽ちゃんとのふたり暮らしが始まるなんて、考えただけでワクワクするよ！」

「ちょっと待て。今なんて言った？　同棲って……えっ⁉」

私が思う同棲とは、交際している男女が夫婦のように、ひとつ屋根の下で暮らすことなのだが、彼の解釈がそれと同じかどうかはわからない。

横抱きにされたまま、どうしたものかと戸惑う私と、嬉々《きき》として引越しについて相

「夕羽ちゃんの家の荷物、どれくらい？　十トントラックの手配で足りるかな。津出にスケジュール調整させて、今日は早く帰らないと。面会予定のランスタッド社の高藤さん、まだ来てないよな。キャンセルできないか……」

談してくる彼。

確かその人ならもう到着していて、津出さんが早すぎると慌てていたような……。

脚立から落ちた時とは違う意味合いの冷や汗がこめかみを伝う。

同棲する気はないのだけど……と言い出しにくい雰囲気であった。

同棲を求められた日から、六日が過ぎた平日。

定時で退社した私は、コンビニで二十パーセント引きのシールが貼られたカツ丼と、サンマの蒲焼の缶詰を購入して帰宅したところだ。

誰もいないのに「ただいま」と言いながら、黒い大理石張りの広い玄関で安物のスニーカーを脱ぎ、高級スリッパは履かずに靴下のままで廊下を進む。

そう、ここはよっしーの自宅マンションで、六日前のあの日、結局私は同居に承諾してしまったのだ。

その原因が、この先にある。

リビングにダイニングキッチン、書斎や寝室などの部屋の前を通り、長すぎる廊下の角をひとつ曲がった突き当たりのドアを開けた。

中に入って電気のスイッチを押すと、ムードのある青白いライトに照らされたのは、バーのような空間。

L字型の黒いカウンターテーブルがあり、椅子は六つ。カウンター内のお洒落なシルバーの棚には、様々な種類の酒瓶が並んでいた。

ゴクリと喉を鳴らした私は、カウンターの内側に入り、ズラリと並んだ日本酒の瓶の前で、今日はどれにしようかと迷う。

新潟《にいがた》産のすっきり辛口純米吟醸『九海山《きゅうかいさん》』にしようか、それとも山形《やまがた》産のやや甘口純米大吟醸『十五代《じゅうごだい》』にしようか……。

ここにある日本酒は私のために、よっしーが買い揃えてくれたもので、今は三十銘柄ほどが並んでいる。

その数は日を追うごとに増えていて、これが同居を承諾した理由である。

『夕羽ちゃんは日本酒が好きなのか。それなら俺の家で一緒に暮らせば、色んな銘柄が飲み放題だよ。全国の日本酒を取り寄せてもいい』

そんなおいしい誘惑をされたら、『即刻引越す。よろしく!』と言うしかないよね。

ただで飲み放題とは、さすがお金持ちだ。

心配だった家賃負担も、しなくていいと言ってもらえた。

というより、東京の一等地に建つ、この二十五階建ての高層マンション丸々一棟が彼の所有だと聞かされて、度肝を抜かれた。

最上階のフロア全部が彼の自宅となっていることにも唖然《あぜん》とする。

彼は天下の三門家の御曹司。その資産は一体いくらなのか……ど庶民の私には想像もできないほどだということだけは理解できた。

今日はこれにしようと、選んだ日本酒の一升瓶を手に部屋を出る。

この部屋で飲むわけではない。

廊下を引き返して玄関を越えた先に階段があり、そこを上って二階へ。

マンションなのに、ここの構造は二階建ての一軒家のようだ。そして二階の全部屋を自由に使っていいと、太っ腹な彼は、無償で贅沢を私に与えてくれていた。

ホテルにあるような都会的でお洒落な洗面所で手洗いうがいを済ませ、広さ八畳の洋室に入る。

するとそこは、私が引越す前に住んでいた、1Kのボロアパートのよう。

古めかしい絨毯を敷き、こたつに小さなテレビ、古いタンス、通販で三千円で購入した折りたたみ式ベッドなどを詰め込んである。

この部屋は本来、一階にあるものよりは小さめのダイニングキッチンだったのだが、私の私物たちのせいで、元のハイセンスな高級感が見事に損なわれていた。

やっぱり、落ち着くわ。

この方が自分の家という感じで寛げる。

二階の全部屋を使っていいとのことだが、ひと部屋で充分に足りていた。

引越し初日のよっしーは、安物の家具ばかりが配された部屋の有様にカルチャーショックを受けたような顔をして、『遠慮しないで。この家にあるものを自由に使っていいんだよ』と何度も言ってきたけど、庶民の私にはこれがちょうどいいのだ。


帰宅から三時間ほどが経過して、時刻は二十一時四十分になった。

空になったカツ丼の容器はごみ箱の中にある。

シャワーも浴びてパジャマ姿の私は、火の入っていないこたつテーブルに頬杖をついて、ほろ酔いのいい気分になっていた。

よっしーはまだ帰宅していない。

いつもは二十一時頃に帰るけど、今日は取引先の接待を受けなければならないと言っていた。彼も今頃はどこかで一杯やっていることだろう。

一緒に暮らしていても帰宅時間が全然違うので、ふたりで夕食を取ることができたのは、引越し初日と日曜の二回しかない。

社長の彼は多忙な様子。電球交換に毎日呼び出されていたあの時も、私に会うためにきっと無理をして時間を作っていたのだろう。

そう思えば、彼の迷惑行為に、なぜか申し訳ない気持ちになってくる。

今日は何時に帰るのか……。

昭和レトロな壁掛けの振り子時計をチラリと見て彼を想ったが、視線をすぐに正面に戻した。

テレビは敬愛する五木様のＤＶＤを再生中で、心に染みる名曲の数々を、ラメ入りの真っ赤なジャケットを着た彼が、目を細めて聴かせてくれていた。

日本酒を湯飲み茶碗でちびりちびりと口にしながら、缶詰のサンマの蒲焼をつまむ。

このひと時に幸せを感じる。

三カ月後の五木様のディナーショーのチケットも取れたし、地元から遠く離れた都会暮らしを、私はしっかりと楽しんでいた。

時計の針が二十二時を指した時、突然ノックもなしにドアが勢いよく開けられて、

「夕羽ちゃん、ただいまー！」とよっしーが元気に飛び込んできた。

　ちょうど日本酒を口に含んだところだったので気管に入ってむせていると、スーツ姿のままの彼がこたつの私の横に無理やり入り、体をぴったりと寄せてきた。

　子犬のような笑顔を向ける彼に、「お帰り。お疲れ様」と労をねぎらってから、私は真顔を作る。

「ときに、お願いがあるんだけど」

「なになに？　夕羽ちゃんの頼みなら、なんでも聞いてあげる」

「ありがと。それならドアをノックして、返事を待ってから開けてもらおうか。居候の分際でおこがましいとはわかってる。でも、私も一応女だからね。着替え中だと恥ずかしいよ」

　私の至極真っ当な頼み事に、よっしーは目を二度瞬かせてから、なぜかパッと顔を輝かせた。

「夕羽ちゃんの生着替え、見たい！」と言われ、頬杖をついていた私の肘が、テーブルの縁からずり落ちてしまう。

　私の顔から胸へと視線を移し、唇を舐《な》めた彼を見て、ノックをお願いするのは無駄だということを理解する。

そうか、わかった。着替えの際には鍵をかければいいんだと、ひとり納得し、私は湯飲み茶碗に口をつけた。

「俺も飲みたい」と言うので、食器棚から色違いの湯飲み茶碗を持ってきて、日本酒をなみなみと注いであげる。

紺色のスーツのジャケットを脱いで、片手で器用にネクタイを外し、ワイシャツの襟のボタンもふたつ外して寛ぎ体勢に入った彼。私が注いだ日本酒を飲む前から、その息にはほんのりとアルコールの香りがしていた。

聞けば、赤坂《あかさか》の超一流料亭で、ライトアップされた日本庭園を眺めながら、鶏の水炊きがメインのコース料理を食べ、ビールや日本酒など数種類の酒を飲んできたのだとか。

鶏の水炊きか……。

意外と庶民的だと思ってしまったのは、間違いだったとすぐにわかる。

「大体こんな感じの料理だった」と、彼がスマホで料亭のホームページを見せてくれたのだが、芸術的に美しくて味の想像もつかない和食フルコースが【おひとり様、五万円～】と書かれていた。

まじか……と値段に驚いて感想も言えない私が、サンマの蒲焼を箸でつまんで食べようとしたら、隣で口を開けている男がいる。

その口に入れてあげたら、「美味しい！」と笑顔で咀嚼《そしゃく》していた。

「え、本当に？」と、つい聞いてしまう。

五万円以上の高級和食フルコースを食べたばかりの人が、缶詰のサンマを美味しいと思えるのが不思議だった。

けれども、にっこりと弧を描くその瞳に嘘をついているような雰囲気は見られず、私の箸を奪うと、今度は彼が私に食べさせてくれた。

「水炊きより、夕羽ちゃんとひとつの缶詰を分け合って食べる方が、ずっと美味しく感じられる」

「そうなんだ……」

「この部屋の雰囲気も、最初は驚いたけど居心地いい。こたつっていいな。自然と距離が近づいて触れ合えるのが嬉しい。日本酒に演歌。夕羽ちゃんが好きなものなら、俺も好きになれるよ」

低く響くいい声で甘い台詞《せりふ》を口にし、男らしくも綺麗に整った顔で、私を見つめて優しく微笑む彼。

拳《こぶし》三つ分ほどの近距離にあるその顔から視線を逸らした私は、口の中のサンマを急いで飲み込んで、湯飲み茶碗に二センチほど入っている日本酒をグイッとあおった。

鼓動が二割増しで速度を上げている。

心なしか顔が熱いのは、酔いが回ってきたせいなのか……いや、今夜はまだ湯飲み茶碗二杯しか飲んでいない。この程度で私は酔っ払ったりしないはずなのに。

この身体反応は、彼を異性と意識してのものだと自覚して急に恥ずかしくなり、私の中に潜む女の顔を出すまいと、慌てて目を瞑った。

瞼《まぶた》の裏に映したのは、子供の頃の彼。ぽっちゃりとした色白で、年上なのに弟みたいな、少々頼りない都会育ちの男の子だった。

島の遊びを得意になって教える私に、いつでも『すごいね！』と無邪気に喜んで褒めてくれた可愛い少年が、私のよっしーだ。

懐かしい彼を思い出したことで、鼓動は無事に落ち着きを取り戻した。

しかし、またすぐに跳ね上がることになる。

唇になにかが触れて、驚いて目を開ければ、見えないほどの至近距離に端整な顔があった。

つまり、私は彼にキスをされているのだ。

慌ててその肩を押して唇を離し、「なにしてんの⁉」と声を荒らげる。

「え？」と、とぼけたように首を傾げた彼は、「夕羽ちゃんが目を閉じたから、キスしてもいいのかと思ったんだけど……違った？」と驚くことを真顔で聞いてくる。

「違うわ！　もう、びっくりするな。あのね、よっしー。仲良くしてくれるのは嬉しいけど、こういうことは……」

真面目に説教を始めた私に、彼の眉がハの字に下がり、「夕羽ちゃん、もしかして他に好きな男がいるの？」と質問された。

眼鏡の奥の瞳は、不安げに揺れている。

彼氏がいるなら、いくら日本酒飲み放題と言われても、よっしーと同居するわけないでしょうと思いつつ、「これまで十一年間、好きな男も彼氏もいないよ」と女としては寂しい事実を口にした。

すると、モテない私を笑うのではなく、「十二年前は彼氏がいたってこと⁉　どんな奴？」と焦ったような顔で聞かれ、元彼に興味を持たれた。

一升瓶から湯飲み茶碗に日本酒を注ぎながら、彼の反応のひとつひとつが、私の予想の斜め上であることに戸惑っていた。

おかしなところに食いつく男だ。

そういえば子供の頃も、ウニの棘《とげ》が何本あるかが気になって眠れないからと言われ、岩場で半日、数十個のウニの棘を一緒に数えてあげたことがあったっけ。

手酌した日本酒をひと口飲んでから、至って普通の過去の恋愛について淡々と打ち明ける。

私の生まれ育った離島には、中学校までしかないので、子供の多くは島を出て、北海道の都市部で下宿しながら高校に通う。

狭い人間関係から抜け出して、広い世界で親の目が届かない生活が始まると、人間、どうしてもはっちゃけたくなるものだ。

恋愛においても急に興味が膨らんで、私もクラスメイトの男子と交際を始めた。

一年近くは仲良くしていたのだが、ある日突然『もう少し女らしくできない?』と言われて、『ごめん、できない』と答えたら、別れ話となったのだ。

私の交際相手は、その彼ひとりだけ。なんとも寂しい戦歴で、その内容も特筆すべきことのない平凡なもの。

なんの感情も込めずに話し終え、サンマの最後のひと切れを口にして、また日本酒をちびりと飲む。

つまらない話をしてしまったと思いながら、テレビの中の五木様に意識を戻そうとしたのだが、隣から静かな怒りに満ちた低い声がした。

「そいつの名前、教えて。地獄に送ってやる……」

拳をドンとテーブルに叩きつけ、湯飲み茶碗半分ほどの日本酒を一気に飲んだ彼は、鬼の社長と呼ばれている時の顔つきになっている。

なぜよっしーが怒るのかと不思議に思いつつ、三門家の御曹司なら、元彼の今の幸せを本当にぶち壊してしまえそうで、少々心配になった。

「昔のことすぎて名前は忘れたよ。男勝りな私が嫌になったのは仕方ないし、高校生だもん。そんなものでしょ」

そのように元彼をフォローした私だったが、「このおっぱいの、どこが男っぽいというんだ！」と、よっしーは鼻息荒くいきり立つ。

私を振った彼が今どこでなにをしているのかは知らないけれど、地獄送りはやめておくれ。

さりげなく私の胸を、ボインボインするのもやめておくれ。

可愛らしく叫んだりはできない私だけど、これでも充分に焦っているし、恥ずかしいと感じているんだよ……。

その手首を掴んで胸から外し、「怒らなくていいから」とあえて淡白な返事をする。

そうしたら彼は真面目な顔をして「夕羽ちゃんは素敵な女性だよ。俺なら長所を百個は挙げられる」と意気込んだ。

　私にもいいところはあるだろうけど、せいぜい十個ほどでしょうと思いつつ、「例えば？」と興味本位に催促してみる。

「まずは頼もしいところ」と張り切って答えた彼は、昔を思い出しているような懐かしい目をしてニコリと笑った。

「二階の窓から俺に会いに来てくれた夕羽ちゃんは、ジュリエットみたいだった」

　それを言うなら、ロミオだ。

　よっしーと遊びたくて、三門家の屋敷に梯子をかけ、二階の窓から侵入を試みた不審者の私。あの光景がシェイクスピアの舞台と重なって見えていたのなら、その伊達《だて》眼鏡を度入りにすることをぜひお勧めしたい。

「ふたつ目は、おっぱいの触り心地がいいところ」と、彼は真面目な声で話し続ける。

　再会初日に『俺は胸の大小で女性の価値を決めるような男じゃない』とか、かっこいいこと言ってたけど、やはり単なる巨乳好きでは？

　隙あればボインボインしてくるし、困った男だ。

「三つ目は、頼もしいところ」

「ちょっと待て。頼もしいは最初に言ったよ。早くも褒めどころが見つからないの？

残り九十八個はどこいった」

　百は無理だと思っていたが、まさかの二個でギブアップとは、少々傷つく。

　テーブルに頬杖をつきつつ、横目で睨んで非難の気持ちを伝えれば、なぜかクスリと笑われて、彼は眼鏡を外した。

「夕羽の最大の長所は、俺好みの可愛い顔と性格だよ」

　また呼び名から、〝ちゃん〟が抜けてる……。

　眼鏡を外すとなにかのスイッチが入るのか、その声には甘さが加わり、ガラス越しではない瞳は色っぽく、艶めいて見えていた。

　心臓が大きく跳ねて、私は慌てて視線を五木様に戻し、湯飲み茶碗に口をつける。

「酔ってる……よね？」

「酔ってる。夕羽の魅力に。今夜はもっと酔いたいな……今飲んだその酒を、俺にも味わわせて」

　君の湯飲みにも同じ酒が入っているよ、とは言わせてもらえなかった。

　大きな右手が、私の後ろ髪を掴むように後頭部に回されて、左手は顎先をすくい、顔を彼の方に向けさせられる。

　目を丸くする私の唇に、薄く開いた色気のある唇が押し当てられ、柔らかな舌先が強引に私の中に潜り込んだ。

まずい。これは、気持ちいい……。

滑らかに、なまめかしく絡み合う舌の快感に、久しく眠っていた異性を求める女の情欲が目覚めそうになる。

そうはさせまいと争う私は、この情熱的なキスを冷静に分析し始めた。

キス経験が人並み以下の私でも、うまいとわかるほどに卓越《たくえつ》している。

ひょっとして、よっしーは、キス慣れしてる？

同居を始める前に、私を住まわせて彼女が妬かないかと心配したら、『交際相手はいない』と言われた。

しかし、今は一時的な空白期間であって、過去の女性経験は豊富だと推測できる。今の彼は男盛りのハイクラスのイケメンだ。自分からアクションを起こさなくても、綺麗な女性が群がってくるに違いない。

ふと秘書の津出さんの顔が浮かんだ。

もしかしたら彼女もよっしーに好意を抱いているのでは……。私が電球交換に通っていた時には、随分と睨まれたし。

そうだとしたら、申し訳ない。

今、彼にキスされている女が、こんな私で。

あまりの心地よさに長く濃厚なキスを受け入れてしまったけど、そろそろやめさせなければと思っていた。

私たちは恋人ではなく、友達なのだから。

見た目にそれほど表れていなくても、彼はかなり酔っているに違いない。それでうっかり、私に手を出しかけているといった状況だろう。

勘違いをして浮かれるほど、私は子供じゃないのだ。

唇をずらして「よっしー、苦しいよ」と文句を言えば、キスを終わりにしてくれたけど、私に抱きつくように回した両腕は外れない。

そのままズズズと崩れ落ちた彼は、私の膝を枕に、腰にしがみつくような姿勢で眠そうな声を出す。

「なかなか時間を取れなくてごめんね。次の土曜の昼は空いてるから、懐石料理を食べに行こう。日曜は二十時まで待ってくれたら外食できる。三つ星のフレンチレストランに連れていきたい。一緒に美味しいものを食べよう……」

あ、寝ちゃった。疲れているんだね。

社長の仕事についてはよくわからないけど、私の何十倍も忙しくて大変なのだろう。

それなのに、なるべく私との時間を作らないと、と気を使っているのかな。

無理しなくていいのに。

私は缶詰と日本酒と演歌だけでも充分に楽しめる、安上がりな女なのだから……。

スースーと寝息を立てている彼の髪をそっと撫でると、張りのある毛先が手のひらを優しくくすぐる。

テレビ画面では五木様が、心を揺さぶるような素敵な声で、『恋歌酒場』を歌っていた。


よっしーとのふたり暮らしも、二カ月ほどが経過した七月下旬。

会社での私たちは、社長と、ただの派遣社員という立場を守り続けている。

というより、電球交換に呼ばれなくなれば、接点はないに等しい。

この二カ月では、二度ほど廊下ですれ違うことがあったくらいで、頭を下げた私に彼は、鬼の仮面を外さぬ程度にほんの少しだけ微笑んでくれた。

秘書の津出さんにも文句を言われなくなったし、隣の席の小山さんにも、社長とどういう関係かと問われなくなった。

怪しい関係に思えたのは、気のせいだったということで、片付けられたのだろう。

今日も朝から、平和で退屈なデスクワークを三時間ほど続けていて、昼休みはまだかと、腕時計の針を気にしてしまう。

すると小山さんが、各部署の有休申請書をまとめて閉じたファイルを手に、私に椅子を寄せる。

「ねぇ、浜野さん」

有休関係は私の仕事ではなく、首を傾げながら「へい」と返事をすれば、癒し系の可愛らしい顔に似合わない、にやついた笑みを向けられた。

「その腕時計、あのブランドの最新モデル？　浜野さんって自慢しない人だから気づきにくいけど、最近お洒落になったよね。お金持ちの彼氏ができたんでしょ？　そのバッグも素敵ね。いいなぁ」

雑談禁止の規則を破ってまで、小声で話しかけてきた彼女は、ソワソワして聞かずにはいられないという顔に見える。

私は左手首の腕時計を、右手で隠しながら苦笑い。「う、うん、まぁね」と曖昧《あいまい》に答えて、やっぱりいつもの安物をつけてくればよかったかと後悔していた。

高級ブランド品の腕時計もショルダーバッグも、よっしーがプレゼントしてくれたもので、彼氏からではないのだが、正直に友達にもらったと言った方が不自然に聞こえそうだ。

世間一般的に、ただの友達が高級品を贈るのは、常識ではない。彼は、一般人の枠からはみ出しているので仕方ないのだ。

言っておくが、私からブランド品を買ってほしいとねだったわけではない。

出張や会合で出かけた際のお土産と言って、週に一度程度の割合で、プレゼントをしてくれる。物だけではなく、懐石料理や一流レストランでの食事やエステなど、最近の私は贅沢三昧だ。

口では『ありがとう』と言いつつも、本心ではそんなことをしなくていいのにと思う。

けれども私がお礼を言えば、彼は満面の笑みを浮かべて本当に嬉しそうにしてくれるから、断りにくい。

腕時計もバッグも服も、身につければ喜んでくれるし、部屋に置いたままにしておけば悲しそうな目をするので、こうして会社に持ってくるのだ。

子供の頃はそこまで強く意識しなかったが、大人になれば金銭感覚や物の価値観などに、大きな隔《へだ》たりを感じる。

それでも不思議とよっしーと過ごす時間は心地よくて、夫婦《めおと》漫才のように彼の言動にツッコミを入れつつ、同居生活を楽しんでいた。

小山さんが「あ、そのパンプスも、あのブランドの……」と生き生きした目でまだ持ち物チェックを続けるので、逃げ出したくなっていたら、係長が私たちに歩み寄った。四十代の眼鏡をかけた真面目な男性だ。

雑談に気づかれたかとヒヤリとしたが、そうではなく、「浜野さん、開発会議が終わったと連絡が入ったんだ。二階の会議室Bの片付けを頼みます」と仕事を与えられた。

これ幸いと私は席を立つ。

時刻は十一時五十五分。十二時からのお昼休みと被ってしまい、限定百食の日替わり定食にありつけないのは残念だけど、今は持ち物チェックから解放される方がありがたく思えた。

総務部を出て階段で一階分を下り、【会議室B】とプレートに書かれたドアを開ける。

ここは中規模の会議室で、白とグレーでまとめられた飾り気のない空間だ。窓際に置かれている観葉植物の鉢植えだけが、唯一彩りを添えている。

正面にはホワイトボードと、プロジェクターやスクリーンが置かれたままで、椅子二脚を備えた長机が横に二列、縦に十一列に並んでいた。

この会議室の基本の机の並びは、横に二列、縦に八列とマニュアルに書かれている。片付けというのはその状態に戻して、汚れていれば机や椅子を拭き、プロジェクターやホワイトボードを所定の場所に戻すことである。

さあ、やるかと、半袖ブラウスなのに腕まくりをする仕草をして気合いを入れる。長机の天板を折り畳んでいたら、後ろにドアが開く音がした。

振り返れば、総務部の山田《やまだ》さんが入ってきた。

彼は三十人ほどの総務部の人員の中で一番若く、周囲に対していつもへりくだった態度を取っているが、派遣社員の私よりは遥かに立場が上の、れっきとした正社員である。細身で男性にしては小柄な彼は、私より二、三センチ背が高い。

「浜野さん、手伝います」と椅子を重ね始めた彼に、「ひとりでも大丈夫ですよ。山田さんはどうぞお昼に入ってください」と遠慮したが、彼が手を休めることはない。

「力仕事を、女性の浜野さんひとりに押しつけるわけにはいきません」と、男らしい返事が笑顔とともに返ってきた。

「それじゃあ、一緒にお願いします」と答えて片付け作業に戻るも、内心では苦笑い。女性扱いされてしまったよ。漁で鍛えた私の筋力と体力は男性相当なのに。

華奢《きゃしゃ》な体型の山田さんと腕相撲したら、私が勝つだろうと思いつつも、その親切心を無下《むげ》にしないために、手伝いの申し出をありがたく受け取ることにした。

長机と椅子を基本形に配置し終えるまで、ほんの三分ほどしかかからなかった。

私は長机を軽く乾拭きし、彼はプロジェクタースクリーンなど、会議室の前方にあるものをしまってくれている。

彼の方が先に作業を終え、私の方に歩み寄ると、「揉みましょうか？」と声をかけてきた。

乾拭きの手を止め、机を挟んで正面に立つ彼をまじまじと見てしまう。

揉むって、どこを？

「胸ですか？」と驚いて尋ねれば、山田さんの顔が瞬時に赤く染まり、両手を顔の前で振って慌てて否定する。

「肩ですよ！　浜野さん、今首を回していたじゃないですか。肩凝りがつらいのかと思っただけです。そりゃ大きな胸は揉んでみたい……って、違う！　今の言葉は取り消しで！」

ああ、これは失敬。最近、よっしーが隙あらばボインボインしてくるから、山田さんの言葉もつい胸のことだと勘違いしてしまった。

彼は真面目な好青年。突然なんの脈略もなく、『胸を揉みましょうか?』などと言うはずがなかった。

「いやー、勘違いしてすみませんね。そうなんですよ。肩凝りが激しくて。これも無駄に大きな胸のせいで。あ、私、色気がないことを自覚していまして、胸の話に及んでもセクハラには感じないので気にしないでください」

右手で頭をかきながら、ヘラヘラと笑って間抜けな自分の誤解をごまかそうとしたら、山田さんも笑顔を見せてくれた。

「浜野さん、ここに座ってください」と、椅子を引いて私に腰を下ろさせると、肩揉みを始める。

「あー、気持ちいい。なんか気を使わせてすみません。肩揉み、上手ですね」

「僕、おばあちゃん子で、よく揉んでたんで。かなり凝ってますね。胸が大きいというのは大変なんですすね」

親切で優しい人だと思いながら、私は笑い話として巨乳を持った苦労を話す。

力と体力はあっても、走るのが苦手。胸が上下に大きく揺さぶられて走りにくく、少々痛い。

洋服店に行っても、自分の体型に合うものがなかなか見つからないし、デスクワーク中は胸がキーボードに触れて、いらない文字を打ち込んでしまう時がある。

そうならないように胸と机の距離を空ければ、猫背になって肩や背中が凝るのだ。

「男勝りな私には、似合わない胸の大きさで。中学生の時に急に大きくなり始めたんですけどね、思春期全開の男子にさえ〝無駄パイ〟と呼ばれてましたから」

昔のおかしな呼び名を思い出して口にしたら、山田さんのツボにはまったらしく、後ろでブッと吹き出して笑う声がする。

楽しんでもらえたなら、話してよかった。

無駄パイに存在理由を与えられた気がして、私は嬉しくなる。

そうやって普段は業務以外の会話を交わさない男性社員と、ほのぼのとした交流を楽しんでいたのだが……。

その時突然、背後でドアが開く音がして、「おい」と低く鋭い声がかけられた。

同時に振り向いた私たちは、目を丸くする。

会議室のドアを閉めてツカツカと歩み寄る男性はよっしー……いや、鬼の社長だったのだ。

明らかに不機嫌そうに眉間に深い皺を刻み、眼鏡の奥の瞳は怒りに満ちている。

彼は一体、なにについて怒っているのか。

昼休みの時間に入っても、こうして仕事を優先させる私たちは真面目な社員でしょう。今は片付けの手を止めて雑談していたけれど、昼休みなのだから叱責《しっせき》される謂《いわ》れはない。

私はそう思っていたのだが、山田さんは青ざめ、私たちの横に立った社長に、「申し訳ございません」と謝った。

「それは、なにについての謝罪だ？」と、社長は冷たい声色で問う。

「ええと、それは、会議室内で私語を……」

腕組みに鋭い視線。威圧感たっぷりの社長に、山田さんの返事は震えている。

私は座ったままで、どうするべきかと思案中。

ここでよっしーに『おいおい、そんなに怒らないでよ』と言うのはたやすいが、そうすれば私たちの友人関係に気づかれることだろう。

しかし黙ったままでは、山田さんに申し訳ない。私の仕事を手伝ってくれて、肩揉みまでしてくれるいい人を見捨てては、女がすたるというものだ。

椅子を鳴らして立ち上がった私は、山田さんを背中に隠すようにして社長と対峙《たいじ》し、私たちの関係性がばれないように気をつけつつ、事情を説明した。

「社長がなにをお怒りなのかわかりませんが、会議室の片付けはほぼ終わっています。

今は昼休み中で、山田さんは私を気遣って肩を揉んでくれていただけです」

するると社長の鬼の仮面が剥がれかける。不安げな目をして「揉んだのは、肩だけ……？」と、トーンダウンした声でおかしな質問をしてきた。

私と山田さんが声を揃えて「はい？」と聞き返したら、すぐに表情を厳しいものに戻したが、「ドアの外にまで笑い声が聞こえた。胸がどうの、と言っていたようだが……」と答える声には動揺が隠しきれずに表れていた。

まさか、山田さんが私の胸を揉んで、ふたりでキャッキャしていたと思ったのだろうか？

いやいや、そんなことをするのは、山田さんではなく、よっしーでしょう。彼がキャッキャとはしゃぐことはないけれど。

つまりは私と山田さんが仲良くしていたのが、気に入らないようだ。

よっしーの怒りの原因に呆れつつ、「胸は揉まれていません。山田さんはとても真面目な人です」と真顔で答えれば、社長の険しい表情が和らいだように見えた。

「山田はもう行っていいぞ。浜野は残って」と社長が指示すると、後ろに戸惑うような声がする。

「え、あの、僕だけというのは……」

心配してくれているような山田さんに、顔だけ振り向いて、私からも退室を促した。

「大丈夫。私も社長と話があるので、どうぞお気遣いなく」

「ええと……あれ？」

山田さんは目を瞬かせてから、私と社長との間に視線を往復させている。

なにかを気づきかけているのかもしれないが、「早く出ていけ」と脅すような声で社長に命じられ、彼は一礼すると慌てて会議室から飛び出していった。

パタンとドアが閉まった途端によっしーは、夏らしいライトグレーのスーツの胸に、私を抱きしめる。

「夕羽ちゃんを取られるかと思って焦ったよ」とすっかり鬼の仮面を外して、家にいる時のような甘えた口調で話す。

「本当にセクハラされてない？」

「されてないよ。山田さんにはね。よっしーには今まさに、されてるけど」

「そうか。よかった。俺以外の男と親しくしたら許さないからね。肩揉みも俺がする。肩凝ったら、社長室までおいで」

どうしよう……。

ツッコミどころが満載で、どこから指摘していいのかわからない。

それで大部分はスルーすることにして、スーツの胸を軽く押して抱擁《ほうよう》を解くと、まだ少し不満げな顔の彼を見ながら、ひとつだけ反論した。

「私の交友関係に口出し無用だよ。よっしーより親しい男友達なら、すでにいるし。もっくんとは、五年の付き合いだ」

するとも目の前のイケメンは、目も鼻も口も全開にした愉快な顔で驚き、私の両肩を掴んで「もっくんて、どこの誰⁉」と激しく揺さぶってきた。

「頭がもげそうだからやめておくれ。もっくんは演歌仲間だよ。なにを慌てているんだ」

もっくんとの付き合いは、五年前、上京してすぐに始まった。出会いのきっかけは五木様のコンサートで、隣の席になったことだ。

話が合うのなんのって、演歌愛トークが止まらない。

私は経済的な事情でファンクラブは五木様のものしか入っていないけれど、もっくんは他に五人の歌手のファンクラブに加入している。坂本冬美や北島三郎のコンサートチケットを、私の分まで取ってくれるから、前列で生歌を聴けてとても感謝している。

地方コンサートにふたりで泊まりがけで出かけたこともあるし、カラオケや飲みにも行く親しい間柄なのだ。

そのような説明をするとよっしーは、安心するどころか、「そいつ、絶対に夕羽ちゃんのこと狙ってるよ！」と、さらに慌てる。

「一泊旅行でなにされた？　こんなふうに揉まれた？　夕羽ちゃんは誰にでもおっぱい出しちゃう女なの？　頼むから、もっくんと会うのをやめてくれ！」

言っておくが、元彼と別れて十一年、私は誰の前でも胸を露《あら》わにしたことはない。

変な言い方はやめてほしい。

焦りか興奮か、彼は制服のベストのボタンが弾けそうなこの胸を鷲掴みにして、揉みまくっている。

社長にあるまじき行為を社内でする彼を、私はカッと目を見開いて叱りつけた。

「君と違って、もっくんはスケベなことをしない。既婚者だし年齢は七十一。祖父と孫ほども年が離れているもっくんは、純粋に演歌を愛する、人のいいおじいちゃんだよ！」

大抵のことは『おいおい』と聞き流す私が本気で怒ったためか、彼は胸から手を離して「ごめん……」と意気消沈した。

あ……。そんな捨て犬のような目で見られると、困ってしまう。

冷静に考えればよっしーは、私が変な男に引っかからないようにと、心配してくれたのだ。

友達としての優しさを怒りで返し、傷つけてしまったのではないかと、後悔が押し寄せていた。

「私の方こそ、ごめん……」と謝った時、ドアが開く音がして、新たな人物がまたひとり、会議室に現れた。

「津出？」と社長の顔を取り戻した彼が呼びかけたので、私は振り向く前にそれが誰かを知る。

危なかった……。

胸を揉まれている時ではなくてよかったと冷や汗を拭う心持ちでいたが、使用していない会議室にふたりきりでいること自体が不自然だ。

パンプスをカツカツと鳴らして足早に歩み寄り、私たちと一メートルほどの距離を空けて立ち止まった津出さんは、明らかな非難の眼差しを向けていた。

「やはり、おふたりはお付き合いされていたのですか」と単刀直入に切り出した彼女に、私の冷や汗はぶり返す。

付き合ってはいないけど、友人だと言うのも駄目なんだよね……？

そう思い、隣に立つ彼を見たが視線は合わず、指示的なものを与えてもらえない。

どうしたらいいのかと、ハラハラしながらも黙っていたら、「そうだ。一緒に暮らしているが、知らないふりをしてくれ」と彼が真面目な声で返事をした。

それに対して私は「へ⁉」と驚きの声をあげる。

恋人じゃないのに、なぜ認めるんだよ。

それともよっしーの中では、交際している認識でいたの？

前に『夕羽ちゃんのおっぱいだから好きなんだ』と言われたことはあったけど、アレが愛の告白とは思えないし、毎日ただ、私に懐いてじゃれているだけだよね？

ということは、やっぱり私たちは友達でしょう。

津出さんは綺麗な顔をしかめて、怒っているようにも苦しそうにも取れる表情をしている。

彼に恋をしているのだから、その反応は当然だろう。

私みたいな女らしさの欠けた末端の派遣社員に、愛しの彼を奪われた気持ちで、プライドが傷ついているのかもしれない。

嘘の交際宣言なんて、津出さんがあまりにも可哀想だ。

私の頭には今、都《みやこ》はるみの往年のヒット曲『北《きた》の宿《やど》から』が流れている。

愛しい人に着てもらうことは叶わないとわかっていながらも、彼のためにセーターを編むという、悲しい女の未練を歌った演歌だ。

津出さんは失恋の痛みを引きずったまま、今後も社長に仕えてセーターを編み続けねばならないのかと、激しく同情していた。

よっしーに私たちの関係を秘密にするよう言われているけれど、『違うよ、ただの友達だよ』と言ってあげたくなる。

辛抱《しんぼう》たまらず口を開きかけた私だったが、その前に津出さんが話し始めてしまった。

「知らないふりなどできません。私は社長の秘書なので、これは頭に入れておかねばならない重要な情報です」

彼への愛情のかけらも感じさせない淡々とした口調で反論した津出さんは、続いて事務的な文句も付け足した。

「なぜ私にまで隠すのですか。もっと早くお教えくだされば、スケジュールの組み方も妻帯者向けのものに変えましたのに。知らなかったとはいえ、おふたりで過ごす時間を考慮しなかったのは、私の落ち度です。社内での密会という褒められない行為をさせてしまったことにも責任を感じてしまいます」

頭に流れていた『北の宿から』は、三番の歌詞までたどり着かずに止まってしまった。

もしかして、彼女がよっしーに恋をしていると思ったのは、私の勘違いだろうか……。

嫉妬や失恋の悲しみを露わにするのではなく、仕事上の問題しか提起しない彼女に、そんな疑問が湧いていた。

それで「あの、ちょっといいですか？」と口を挟んで、「津出さんは社長に恋しているわけじゃないのかな？」と単刀直入に確認してみる。

すると大きな瞳を見開いて驚いた様子の彼女は、すぐさま勢いよく否定してきた。

「なにをおかしなことを言ってるんですか！　私は職場に恋愛を持ち込んだりしません。あなたと一緒にしないでください！」

気圧されながらも「私も持ち込んでないけど……」とボソボソと反論してみたが、彼女の耳には届いていないようだ。

上司である社長を恋愛対象にはしないと、険しい顔できっぱりと言い切った彼女は、それから急に頬を染めて目を泳がせ、モジモジしながら打ち明ける。

「私には大輔《だいすけ》さんという、結婚前提にお付き合いしている彼がちゃんといるので……」

「やだもう、恥ずかしいこと言わせないでください！」と、澄まし顔を取り戻して私を叱った彼女は、まだ耳までリンゴのように赤く色づいている。

電球交換に呼び出されていた時、津出さんには何度か突っかかってこられた。それを恋心ゆえの嫉妬だと解釈していたのだが、どうやら違うようだ。

そうか……津出さんはきっと、アレなんだ。

ある予想のもと、私はよっしーのスーツの腕を軽く引っ張って背伸びをし、「あのさ……」と耳打ちする。

津出さんのメイクや装飾品を、ちょっと褒めてみてくれないかと頼んだのだ。

「おふたりでなにをヒソヒソと！　いくら恋人とはいえ、社内では慎んでください」

と彼女はまた厳しい顔つきになる。

私の耳打ちに対し、真顔で軽く頷いた彼は、怒る彼女に向けて爽やかなイケメンスマイルを作って言った。

「津出、今日はいつもと口紅の色が違うな。似合ってるぞ。髪のリボンは交際相手からのプレゼントか？　上品なデザインでとても素敵だ」

途端にモジモジと恥じらい始めた彼女は、クールな印象が消えて可愛らしくなる。

「無理して褒めてくださっても、私は嬉しくなったりしませんからね」

私とよっしーは真面目な顔を見合わせて、同時に深く頷いた。

心の中ではきっと同じことを思っているはず。

津出恋歌さんはただアレなだけで、社長に恋をしておらず、私を彼から遠ざけようともしていない。

隣では彼が、初めて知った秘書の一面に目を瞬かせながら、「ツンデレか……」と、ボソリと呟いていた。


その夜、よっしーは二十時半頃に帰宅して、私の部屋まで「ただいま」とわざわざ言いに来た後、すぐに階段を下りていった。

これから彼はシャワーを浴びて、夕食を取るはず。

Tシャツにスウェットのズボンという女子力の低い格好をした私は、三十分ほどしてから部屋を出て一階に下りた。

手に持っているのは、ひとり分の炒飯。作り立てなので、香ばしい湯気が立ち上っている。

同棲生活はもうひと月半が経つというのに、私は一階のリビングに数回しか入ったことがない。それは彼の方から、私の部屋に来ることが多いせいだ。

リビングへ繋がるドアをノックして、少し開けて顔だけ覗かせ、「ちょっといい？」と声をかけた。

シャワーを浴びたての彼は、ソファに座って私に背を向けている。濡れた髪をバスタオルで拭きながら、肩越しに振り向くと、「どうぞ」と笑顔を見せてくれた。

「お邪魔します」と中に入って、豪華な部屋だと改めて感じる。

広さは五十畳ほどもあり、セレブが好きそうなホームパーティーなるものを開くには充分であろう。入って正面には東京の夜景が一望できる開口部の広い窓があり、左側には十数人でテーブルを囲めそうなソファセットがある。

モノトーンで落ち着いた色調の、都会的なインテリアでまとめられているが、部屋の右側はがらりと雰囲気を違えていた。

そちらには、北欧風の木の温もりを感じられる家具が並んでいる。今は火の入っていない暖炉があって、その手前には、デザインも色も異なるひとり掛けのソファが三つ、木目の丸テーブルを囲んでいた。

味わい様々なインテリアが混在する部屋なのに、なぜか調和が取れ、お洒落に見えるのが不思議なところ。インテリアデザイナーの力だろうか……と、センスのない私は感心するばかりだった。

そして部屋の中央には、グランドピアノが存在感たっぷりに置かれている。

子供の頃、三門家のあの洋館で、よっしーはよくピアノを弾いていた。

はっきりとは覚えていないが、腕前は上手だったように思う。

けれども、あの頃の私はクラシックにまったく興味がなかったので、『つまらないから外で遊ぼうよ』と、彼のピアノの練習をたびたび邪魔したものだった。

黒服の執事のおじさんが、私を害虫扱いして、見つけたら即追い出そうとする理由には、そういったものもあったのかもしれない。

豪華でハイセンスなインテリアをキョロキョロと見回しながら、北欧風のひとり掛けソファに座っている彼に近づいていく。

シャワー後のためか、彼は眼鏡を外している。

私がソファの真後ろに立つと、「夕羽ちゃんから来てくれるの珍しいね」と嬉しそうに言って立ち上がり、その肩からバスタオルがハラリと落ちた。

すると、裸の上半身が露わになる。

肉体労働をしているわけではないのに、無駄な脂肪のない引きしまった体つきをしている。この家にはトレーニングルームもあるので、時々鍛えているのだろう。

彼は嬉しそうな顔をして、「それなに？」と私の右手の皿に興味を持つ。

「夕食、これからだよね？　炒飯作ったんだけど、よかったら――」

そう言いかけた私は、ハッとした。

視線を下げれば、裸なのは上半身だけではなく、彼は黒いボクサーパンツ一枚しか身につけていないのだ。

大事なところ以外は全てをさらけ出している彼に、少々うろたえてしまう。

「よっしー、悪いけど、服を着てもらってもいいかな？」

心地よくクーラーが効いているので、湯上がりの汗もすぐに引くはずだ。

パンツ一丁でも、私が出ていけば問題はないのだが、話があってここに来た。

今夜の私はまだ一滴の酒も飲んでおらず、炒飯だけを持ってきたのも、そのためであった。

目のやり場に困って横に逸らしたら、彼はソファを回って私との距離を詰め、顔を覗き込むようにして強引に視界に入ってきた。

「夕羽ちゃん、もしかして、裸の俺に照れてるの？」

なんとなく嬉しそうな、なにかを期待しているような、生き生きとした瞳に見つめられ、私の鼓動は勝手に加速する。

そりゃ、照れるでしょう。

子供の頃とは違い、彼は男で私は女だという意識は正常範囲内で持っている。

こんなに近くで異性に裸を見せられたら、多少なりとも動揺するものだ。

それが本心であるけれど、おかしな空気になるのが嫌で、真顔で言葉を返す。

「ふざけてないで服を着て。早くしないと、私は炒飯持って自分の部屋に戻るよ」

すると彼は別のソファの上に置いてあった黒いTシャツと部屋着のズボンを手に取る。

私の脅しに慌てている素振りはなく、クスリと余裕のある笑い方をして、「暑い？顔が赤いよ。室温は二十三度まで下げたのにおかしいな」と着替えながらからかうので、私は頬を膨らませた。

そういう冗談は、友達の私ではなく、どこぞの可愛子ちゃんにやっておくれ……。

それからは、リビングとドア一枚で繋がっている、隣のダイニングキッチンへと移動する。

ここはちょっとしたレストランの厨房ほどの広さはあるだろう。

八人掛けの白い天板のダイニングテーブルには、今日の彼の夕食と思われる、和食有名店の弁当が置いてあった。テイクアウト用の発泡容器だが、重箱風のデザインで高級感があり、巻紙には【特選京懐石御膳】と筆文字で書かれている。

彼が持ち帰る夕食は、秘書である津出さんが手配してくれて、会社に届けられるらしい。その値段を尋ねたことはないけれど、庶民にとっては特別な日にしか食べられない額であることは、容器の見た目から推測できた。

そんなセレブ弁当よりも、彼は私の手料理を喜んでくれる。

私たちの帰宅時間は大幅に違い、社長である彼は取引先との会食や出張も多いため、基本的に平日の食事は別々に取っているが、これまで二回ほど一緒に食べる機会があった。その時、私が作ったカレーライスや肉野菜炒めなどの簡単で庶民的な料理を、彼は笑顔で完食してくれたのだ。

『夕羽ちゃんの作ったものなら、泥団子だって美味しく食べられると思うよ』という、本当はまずいと思っているのではないかと疑いたくなる感想ではあったけれど……。

今も彼は私と隣り合って座りながら、セレブ弁当よりも先に、私の平凡な五目炒飯から口にしてくれている。

「美味しいよ。すごく香ばしい」と言ってくれる彼に、「ああ、少し焦がしちゃったからね」と苦笑いしつつ、さて、と心に思う。

今夜は真面目に話したいことがある。それを切り出さなくては。

「よっしー、食べながら聞いて。今日、津出さんに私たちの関係がばれたじゃない？それで思ったんだけど──」

社内では、鬼の仮面を被っている彼。

その理由は、二十九歳の若い彼が社長として自分より年上の社員たちを引っ張っていくためには威厳が必要なのだということだ。

簡単に言えば、舐められては困るといった心境なのだろう。

けれどもそれは彼本来の姿ではなく、無理をしているのだから、心には相応の負担がかかっているはずだ。

家の中で私と顔を合わせれば、朗らかに笑ってくれる彼だけど、疲れているのは知っている。私の部屋で、ふたりで晩酌しているうちに、膝枕で寝落ちしてしまうことが数回あった。

社長としての業務量を減らすことは簡単ではないのかもしれないが、思いきって鬼の仮面を外してしまえばいいのに。

そうすれば余計な心労を負わずに済むのではないかと、考えた。

つまり私は、彼が潰れてしまわないかと心配しているのだ。

「津出さんは、鬼ではないよっしーの顔を見ても侮《あなど》ったりせず、真剣に考えてくれたよ。スケジュールを調整すると言ってくれて、現に今日は少し帰宅が早かった」

壁際に置かれている大型テレビも最新型のオーディオも電源を入れていない。

私の声だけが響く静かな空間で、彼は相槌《あいづち》も打たずに真顔で黙々と炒飯を食べ続けている。

私は彼の表情を注意深く観察しながら言葉を続ける。

「大っぴらに私と同居中だと言わなくてもいいけどさ、友人だとくらい言ってもよくない？　怖くないよよっしーの顔を、他の社員にも知ってもらいたいよ」

彼を少しでも楽にしてあげたい。

そう思っての発言に、彼のスプーンが止まった。

私の言葉に怒ったのではなく、考えているような表情で中華皿の模様を見つめている。

彼が築いてきたもの、背負っているものを、私は理解しているとは言えず、末端の派遣社員ごときが社長のやり方に注文をつけていいものかと、リビングに入る直前まで悩んでいた。

失礼な助言かもしれない。それはわかっていながらも、ひとりの友人としての心配であるなら、許されると思いたかった。

私の発言について静かに思案しているような彼に、もうひと押しさせてもらう。

「よっしーのやり方を否定するわけじゃないよ。でも、もう少し柔らかい態度を取った方が、君も下々の私たちも、心を楽にして働けると思うんだよね」

「どうかな?」と問いかけて、返答を待つ。

彼は休めていたスプーンを動かして、かき込むように炒飯を食べてしまうと、ペットボトルのミネラルウォーターを三分の一ほど一気に飲んだ。

それから今度はセレブ弁当の蓋《ふた》を開ける。

「夕羽ちゃん、食べたい惣菜ある?」と普通の調子で問いかける彼に、手の甲でその肩を軽く叩いて「おい!」とツッコミを入れてしまった。

スルーかい。私の本気の心配など、無用だということか。

ムッとして席を立とうとした私だが、腕を掴まれ引き止められる。そして彼の箸が海老真薯《しんじょ》をつまんで、私の口に押し込んだ。

ふわふわとしたすり身の中の、プリプリとした海老の食感がたまらない。出汁醤油の餡《あん》も上品で、これは美味しい。一杯やりたくなる。

食べ物につられてうっかり気を緩めたら、彼はニコリと人懐っこい笑みを浮かべて、「ありがとう」と言った。

「心配してくれたんだね。夕羽ちゃんの気持ちは嬉しいよ。だけど、やり方を変えられない事情がある。そんなことをすれば、祖父に祟《たた》られそうだ」

「どういうこと……？」

聞けば、社内でのやたらと厳しい顔は、三門家の家訓らしい。

帝重工の元となる会社、帝商事《みかどしょうじ》が誕生したのは明治維新の頃という古い話なのだが、戦後のGHQ指導の下で一度解体され、帝重工として生まれ変わった。

その経営規模は、帝商事であった時とは比べものにならないほどに小さく、大企業とは言えないものであったらしい。

それが二代目の、よっしーの祖父が経営者となってからは、かつての勢いを取り戻し、事業規模も年商も数十倍に膨らんだのだとか。

三門家の人々は、凄腕の二代目から帝王学を授かり、それを実践して大企業グループを守っている。

その帝王学の中のひとつに、『人の上に立つ者、心を鬼にし隙を見せるべからず。個の甘さはすなわち、集団の弱体へ繋がると心得るべし』というものがあり、その教えのせいでよっしーは、無理して鬼の仮面を被っているということだった。

初めてその話を聞かせてくれた彼は、私と自分の口に、交互にセレブ弁当の惣菜を入れつつ、少し困った顔をする。

「夕羽ちゃんの言う通り、俺は無理しているのだろう。人を叱るのは気分のいいものじゃない。ここまで責めなくてもいいのではと自分でも感じることがあるし、部下に対して申し訳ないと思う時もある」

「それなら……」と私は口を挟む。

本人も自覚しているというなら、話は早い。ここがやり方を変える転機でしょう、と期待が膨らんだ。

最後に残った惣菜、ヒラメの西京焼きを私の口に入れてくれた彼は、「ご馳走様。炒飯が一番美味しかった」と気遣い溢れた感想を述べて重箱の蓋を閉め、それから続きを話し出す。

「子供の頃、じいちゃんにはよく叱られたよ。身内にも厳しい人だった。俺がやり方を変えたせいで、もし業績が悪化したら、怒ったじいちゃんが墓の中から出てきそう」

最後は冗談めかして話を終えた彼は、まだ濡れている前髪をかき上げた。

すると、急に彼の纏う雰囲気が変わったような気がした。

「夕羽……」

その瞳には色が灯され、私を呼び捨てた口元には蠱惑的な微笑が浮かぶ。

思わず心臓を跳ねさせた私に大きな手が伸ばされて、顎をすくわれた。「な、なに」と上擦る声で返事をして、顎先をつまむ手を外そうと試みたが、それは叶わず、さらには彼のもう一方の腕が首の後ろに回されて、引き寄せられた。

急に甘い展開に持ち込もうとする彼。

不埒《ふらち》なこの腕から逃れようとしたが、私より彼の方が力が強いと悟るに終わる。

「だから……」と艶めいた声で囁いて、近づいてくる彼の唇は、わずか拳ひとつ分の距離にあった。

前にも後ろにも逃げられない中で、糖度高めの低音ボイスが、私の唇をくすぐる。

「やり方を変えられないけど、その分、疲れた俺を夕羽が癒してくれればいい。キスしてもいいよね？」

友達なのに、駄目でしょ……という私の返事を待たずして、唇が重なる。

上唇と下唇を交互に味わってから、深く中へ侵入し、私の舌に絡みつく。

女としての色気が不足している私でも、このキスが気持ちいいと感じる。

まるで恋人にするような、情熱的で激しい口づけに、拒否の意思まで消されてしまいそうだ。

しかし、合わせた唇の隙間に「んっ」と色のある声を漏らしてしまうと、自分らしくない嬌声《きょうせい》にハッと我に返った。

まずい。このまま流されては、純粋な友達ではなくなり、セフレといういかがわしい関係になってしまう……。

私を捕まえていた彼の手は、今は私のTシャツを捲り上げようとしていた。

拘束を解かれた今がチャンスだと、私はその胸を両手で押してキスから逃れ、椅子を鳴らして立ち上がる。

「よっしー、あのさ！」

顔が熱く火照《ほて》り、体が汗ばんでいるのを感じながら、息を乱して言った。

「次の土曜か日曜の日中、時間を作ってほしい」

私を見上げて彼は目を瞬かせる。それから顔を輝かせ、「デートの誘い？」と嬉しそうに問いかける彼に、「墓参りだよ！」と私は語気荒く否定した。

「誰の？」

「君のじいちゃんの」

「なんで？」と不思議そうに聞かれたから、許しを請うためだと答えた。

祖父の祟りを気にしてやり方を変えられないのなら、先にお伺いを立てればいいのではないかと考えたのだ。

どうしても鬼の仮面を外してもらわねばならない事情が、私の側にできてしまった。

仕事で疲れを感じるたびに、こうやって癒しを求めて迫られては、私の心がもたない。

　彼の色気に流されて、セフレ関係になるのは御免だと思っていた。


　よっしーの祖父の墓参りを約束してから数日が過ぎた日曜日。

　早朝の五時に私は、黒塗りの高級車の後部席に乗車していた。

　隣には黒いフォーマルスーツに身を包んだ彼がいて、私もワンピースタイプの礼服を着ている。三門家の墓参りとなると、気軽な服装では駄目なのだそうだ。

　時間が早すぎるのは、彼が今日も仕事だということなので仕方ない。

　彼を『良樹様』と呼んで三門家に仕えている、壮年の男性運転手には、『朝っぱらからすみません』と謝っておいた。

　車は空いている車道を快調に飛ばしている。

　東京郊外にある三門家の墓までは、まだもう少しかかるという話だ。

　高級車というものは、シートのクッションも空調も、揺れさえも快適で眠たくなる。

　昨夜は一時までひとり酒をしていたことも原因かもしれず、つい大あくびをしてしまったら、よっしーが親切心をみせてくれた。

「眠い？　俺の肩に寄りかかって寝てなよ」

ありがたい申し出だけど、「眠くないよ」と断り、顔を車窓に向けた。

フォーマルスーツ姿の彼は目に毒だ。

黒は男を凛々《りり》しく頼もしく感じさせ、いつにも増して彼を素敵だと思ってしまうので、なるべく隣を見ないようにしている。

肩に寄りかかるなど、とんでもない。眠るどころか、この前の濃厚なキスを思い出して、鼻息が荒くなってしまいそう。

そんな気持ちに気づかれまいとして、車窓を眺めて平静を保とうとしていたら、肩に重みを感じた。

「それなら俺が寝てようかな。夕羽ちゃん、肩貸してね」

今日はワックスで固めていないサラサラの髪が、私の頬と首をくすぐり、心臓が大きく波打つのを感じた。

「よっしー……」

「ん？」

「なんでもない。おやすみ……」

なんでもなくはない。顔が熱く火照り、布越しに触れ合う体や耳元に聞こえる静かな呼吸音を意識してしまう。

まさかとは思うが、私の心を乱そうとしているわけじゃないよね？

まったく困った男だ。

これは、友達の距離感じゃないでしょう……。

気づかれないように胸を高鳴らせること、三十分ほど。車は立派な門構えの寺院の敷地内に入っていき、やっと彼が私の肩から頭を離してくれた。

木々に囲まれた寺院は静かで、まだ盆までに半月近くあることと早朝のためか、私たちの他に墓参りの車はいなかった。

歴史のありそうな二階建て寺院の脇には、二十台ほど停められそうな駐車場が整備されていて、私たちの車がそこに停車するや否や、建物の中から袈裟《けさ》姿の僧侶が三人駆け出てきた。

運転手がドアを開けてくれて、よっしー、私の順で降りると、僧侶たちが深々と頭を下げる。

その中の一番年長の、七十代に見える僧侶が手揉みをしながら、よっしーに笑顔を向けた。

「三門様、ようこそお越しくださいました。日頃からの並々ならぬお心遣いと御帰依《ごきえ》に、我々一同は……」

早朝とはいえ、七月末の太陽は私たちを眩しく照りつける。

要約すれば『いつもありがとう』という挨拶の言葉が五分ほども続いて、額にジワリと汗が滲んだ。

長い挨拶がやっと終わると、私たちはぞろぞろと建物の裏手にある墓地へ向かう。よくある角柱の墓石が二百基ほど、林の中の開けた一帯に並んでいて、三門家の墓は寺の建物の近くにあった。

古い墓石の周囲は、松や石塔や岩で飾られて、白砂が敷いてある。他の墓の五倍ほども広いスペースを占有していて、ちょっとした日本庭園のようだ。

持参した花や果物などの供物を捧げ、線香に火をつけて合掌《がっしょう》し、僧侶が経を唱える。

実に墓参りらしい一連の行為が済めば、やっと私の出番がやってきた。

ここへ来たのは、よっしーの祖父にお願いがあってのことで、会社での鬼の仮面を外すことを躊躇《ちゅうちょ》する孫に『いいよ』と言ってもらいたいからである。

「よっしー」と呼びかけて黒いスーツの袖を軽く引っ張ると、彼は頷き、僧侶たちと三門家の運転手に、戻っていいと伝えてくれた。

運転手は「お車でお待ちしております」とすぐに引き揚げたが、僧侶たちはなぜかその場を動こうとしない。

首を傾げる私に対し、よっしーは「ああ、これは失礼いたしました」となにかに気づいた様子で、ジャケットの内ポケットから白い封筒を取り出し、僧侶に手渡した。

お布施《ふせ》と墨字で書かれたその封筒に、私は目を見開く。

中は商品券じゃなく、万札だよね？　百万円は入っていそうなほどに分厚いけど……。

お布施を懐《ふところ》に入れた僧侶は恭《うやうや》しくお辞儀する。

ここに着いた時からやけに低姿勢だと感じたが、そうなるのも無理はない。

きっとこの寺の財政は、三門家に支えられているのだろうと理解して、引き揚げていく袈裟姿の背中を見ながら、ひとり頷いていた。

「夕羽ちゃん、じいちゃんと話してもいいよ」と言ったよっしーの声には、どことなく非難めいた響きを感じる。『亡き人とどうやって話すんだよ』と言いたげなのは、眼鏡の奥の呆れたような瞳にも表れていた。

それは私も思うところだが、他に取るべき手段を思いつけずに、ここにいる。

メルヘンな思考回路を持ち合わせていないので、彼の祖父が霊体として現れて、話し合えるとは露《つゆ》ほども思っていなかった。

あくびをしている彼の、一歩前に進み出た私は、墓石の真正面で手を合わせ、声に出して事情説明から始めた。

彼が社内で鬼の社長を演じているせいで、下で働く者たちは萎縮《いしゅく》して働きにくい。

小山さんは『すごく怖い』と社長を評価していたし、彼が廊下を歩けば社員たちはさっと壁際に寄り、腰を直角に曲げて挨拶する。そして肝を冷やして社長が通り過ぎるのを待っているなんて、私にしたら尋常じゃない光景だ。

お江戸のお殿様か?とツッコミを入れたくなってしまう。

「みんな言ってるよ。社長は鬼で閻魔《えんま》で死神だって。いつ首をはねられるか、血の池地獄に突き落とされるかと怯えているんだ。生きた心地がしない社員たちは哀れだよ。おじいちゃんもそう思わない?」

後ろには「俺って、そこまで恐れられてるの……?」と焦っているような、驚いているような声がする。

閻魔や死神はもののたとえだ。鬼という表現しか聞いたことはないが、より祖父心に響くようにと、少々話を盛ってみた。

背後の上擦る声の問いかけには答えず、私は合掌した手を擦り合わせて、彼の祖父だけに話し続ける。

社員たちの働きにくさも改善してほしいけど、それよりもなによりも、私はよっしーの心にかかる負担が心配である。

「よっしーの性格的に、鬼でいるのはつらいと思うんだよ。帰宅したらぐったりして、私との晩酌中に膝枕で寝落ちするから、足が痺れる。トイレに行きたくてもしばらくは我慢するしかない。起こさないようにそっとネクタイとベルトを緩めてやって、手もかかるんだ」

「夕羽ちゃん……迷惑に思ってたの？」

「よっしーは優しい奴だよ。子供の頃、釣り餌のゴカイを針につけられなかったし、釣りたてピチピチのヒラメを私が捌《さば》こうとしたら、可哀想だってうるさくて。でも刺身にしたら、こんなに新鮮で美味しい魚は初めてだって喜んでたんだよ」

「俺って、情けない奴だな……」

後ろでテンションが急降下した弱々しい呟きが聞こえたが、それに構ってあげずに私は熱く、墓に向けて訴える。

「おじいちゃん、聞いてくれてる？　孫可愛さでどうか許して。今は厳しければ、下が歯を食いしばってついてくる時代じゃないし、やり方を変えさせておくれよ。よっしーらしい経営を」

ここは神社じゃないけれど間違えて柏手《かしわで》を打ち、「お願いします。この通り!」と大きな声で頼み込んだ。

すると林の方からカラスが一羽飛んできて、三門家の墓石の上に止まる。

お供物を狙ってきたのかと思ったが、カラスは私を見つめて首を左右に傾げ、声の調子を確かめるように高音と低音でひと声ずつ鳴く。それから、カアではない、変わった鳴き方をした。

それはまるで『オーケー』と言ったように私の耳には聞こえて、目を瞬かせる。

カラスの真っ黒な瞳と見つめ合ったまま、「よっしー、OKだって。おじいちゃんが、やり方を変えてもいいと言ってるよ」と、後ろの彼に話しかけた。

「そんな、馬鹿な……」

振り返ると、彼は唖然としてカラスを見ていた。どうやら彼の耳にも、私と同じように聞こえたみたい。

端整な顔の半開きの口元だけが間抜けて見えて、思わず私はプッと吹き出す。

カラスはまた鳴いたが、今度はカラスらしい声だ。

用が済んだとばかりに黒い翼を広げ、晴れ渡る夏空へと優雅に高く飛び去った。

恋の結実、アラビアンナイト

よっしーの祖父の墓参りから半月ほどが過ぎていた。

東京暮らしも五年になるが、夏の暑さに慣れることはない。

やはり私は北国の女なのだと感じたら、頭には北海道を舞台とした演歌の名曲の数々が流れてきた。

数値入力という退屈なデスクワークは、前ほど苦にならず、朗らかな心持ちで演歌を口ずさんでも、隣では小山さんがクスクスと笑うだけである。

「浜野さんって、本当に演歌が好きなんだね」

「あ、また口に出ちゃった。ごめん、ごめん」

「いいよ。ほら、あと二分で昼休みだし」

彼女に言われて腕時計に視線を落とし、もう十二時になるのかと驚いていた。

以前の私は昼はまだか、退社時間はまだかと、何度も時計を確認していたが、それがないということは、随分と気持ちを楽にして働けるようになったということだ。

私だけではなく、社内全体のピリピリと張り詰めたような空気は消えて、社員たちの笑顔や会話が増えたように思う。

それは社長が、鬼の仮面を外してくれたからであろう。

昨日は社食で、他部署の男性社員ふたりがこんな会話をしていた。

『午前中の会議後に社長に呼び止められたんだけど、いつもご苦労様って言われた』

『お前も？　社長、なんか雰囲気変わったよな。優しい顔つきに見える。なにかいいことあったのかな？』

それを嬉しく思って聞きながら、よっしーの祖父に頼みに行って本当によかったと、しみじみとした達成感に浸っていた私であった。

もっとも、彼が社内でも優しい顔を見せるようになった理由は、カラスが『オーケー』と鳴いたからというよりは、私のせいかもしれない。

社員たちの評価として『鬼で閻魔で死神』だと私が話を盛ったことが、今のままではまずいと思わせる結果に繋がったようだ。

もう昼休みかと、さらに気を緩めた私は、「うーん」と両腕を天井に向けて突き上げてから、力を抜いて椅子の背もたれに体重を預ける。「最近の総務部は居心地いいね」と隣に話しかければ、小山さんがウフフと意味ありげな笑みを浮かべた。

「これも浜野さんのおかげよね。社長と友達なんてすごいな」と声を潜めずに言うから、周囲の視線を浴びてしまった。

窓際の私のデスク周囲には、半円を描くようにたちまち人が集まり、質問責めに遭う。

「友達なの？　同級生とか？」

「浜野さん、北海道の離島出身と言ってましたよね。社長との接点はどこに？」

「どんな友達付き合いを？　まったく想像がつかないよ」

おいおい、みんなちょっと食いつきすぎだよ。

田舎者でただの派遣社員の私と、三門家の御曹司である社長が友達だというのだから、そりゃ驚くのもわかるけどさ……。

注目されて少々照れながら「いや〜」と頭をかいて説明する。

「小四の夏休みに、社長が離島に遊びに来たことがあって……」

社内で昔の話をするのも解禁で、彼との友人関係を隠さなくていいのは、私としても気が楽で喜ばしいことだ。

今一緒に暮らしていることについては、あらぬ方向へと噂が広まるのは困るので打ち明けるつもりはなく、子供の頃のエピソードだけを説明する。

興味深げに聞いているのは総務部の社員だけではない。パーテーションで仕切られた向こう側の営業部の人たちまで集まってきて、気づけば四十人ほどに囲まれていた。

「それから？」「もっと聞かせて！」と楽しげな顔で催促されて、私は困る。

ざっと話したのに、まだ足りないのかな……。

私の父がよっしーを漁船に乗せてあげたら、出港する前に船酔いしてケロリンした話でもしようか？　いや、あまり情けない話をすれば、今は偉い立場にいる彼の尊厳を傷つけかねないし、やめておこう。

「皆さん、すみません。日替わり定食が売り切れる前に、私は社食に行かねばならないのですよ」

ヘラヘラと笑いながらそう言って、話を終わらせようとしたら、今まで挨拶程度の会話しかしたことのない営業部の若い男性社員に「今度、飲みに行きませんか？」と誘われた。

「浜野さんの話は面白いです。ゆっくりと聞かせてもらいたいので、ぜひ！」

これ以上のよっしーとの思い出エピソードは難しいが、五木様の話なら何時間でも熱く語ってあげられる。

「演歌の話でもいいなら――」と、その誘いを受けようとした時、人垣の後ろに「皆さん、楽しそうですね」と聞き慣れた声がした。

「社長⁉」と誰かが驚きの声をあげると、私に向けられていた視線が一斉によっしーに移り、私と彼の間に道が開けた。

聞かれてまずい話をしたわけではないけれど、話題にしていた人物が急に現れたら、焦るものだ。

彼は一見すると微笑んでいるようだけど、眼鏡の奥の瞳は不満げにも見える。

その胸の内が読みきれずに少々緊張しながら、私は椅子から立ち上がって会釈する。

「社長、なにかご用でしょうか？」と、末端社員として丁寧な口調で事務的に問いかければ、彼が家にいる時のような気軽な口調で答えた。

「うん。三十分時間が空いたから、夕羽ちゃんをランチに誘おうと思って。いい？」

その気さくな誘いに、私に対しての怒りや不満はないと判断して緊張を解く。

「いいよ」と笑顔で了承したら、周囲がどよめいたので、私は肩をびくつかせた。

どうやら私たちの親しげな会話に対しての反応のようだが、女子社員の黄色い歓声が混ざっていることには、首を傾げる。

もしかして、なにかを勘違いされた？　友達だと説明したつもりだったけど、実は甘い関係ではないのかと疑われてしまったのか……。

今すぐに違うと否定すべきか。それともこのざわつきが収まってからにすべきかと迷っていたら、彼が私に歩み寄った。スーツの左腕が私の肩に回されて、なぜか皆に向かって並んで立たされる。

周囲の興奮はさらに増す。

なにをするのかと、私は批判的な目を隣に向けたが、視線は合わない。

彼は集団を見回していて、どこか挑戦的な口調で低い声を響かせた。

「皆さんに頼みがある。夕羽に好意的に接してくれるのはありがたいが、飲み会や遊びには誘わないでくれ。同棲していても、なかなか時間が取れなくてね。少しでもふたりの時間を多く確保したいんだ」

当然のことながら、取り巻く社員たちは大いに驚き、「同棲⁉」「恋人なんだ！」と大騒ぎだ。

しかし、誰より驚いているのはこの私。

声も出せずに目を見開いて、なぜか満足げな彼の顔をまじまじと見てしまう。

この男、一緒に暮らしていることをさらっと暴露してしまったよ。

世間一般的に、友人関係にある男女は同棲しないものだろう。

恋人だと誤解されてもいいというの……？

私は周囲に気を使わせてしまうことくらいしか不都合はないが、彼の側には色々と問題がありそうな気がする。

いずれ帝重工グループを背負って立つ彼だから、交際相手の話題に敏感になる人が多いことだろう。

例えば、親族やグループ内の上層部、取引先や私の知らない経済界の大物など、金持ちは色々と面倒くさそうだ。

庶民同士の交際とは違って、『相手はどんなお嬢さんですか？』と問いかける言葉の奥には、家柄や資産、学歴、利害関係が発生するかどうかなど、チェック項目が多そうな気がしてならない。

彼を心配し、ただちに誤解を解いた方がいいと思い、上擦る声で「よっしー」と呼びかけたら、彼がふとなにかに気づいたような顔をして、ジャケットの内側に手を差し込んだ。取り出したのはスマホで、バイブ音が聞こえている。

どこかからの着信に応対した彼は、「すぐに戻る」と言って内ポケットに戻し、申し訳なさそうに眉を下げた。

「夕羽ちゃん、ごめん。急用が入ってランチの時間がなくなってしまったよ。今日はなるべく早く帰るから、それで許して」

「う、うん。それは別に構わないけど――」

私の返事を皆まで聞かずに、彼は急ぎ足で総務部から出ていった。

言えなかった続きの言葉を、私は独り言として呟く。

「ランチも帰宅時間もどうでもいいけどさ、この騒ぎだけは鎮めてから行ってよ……」

再び始まった、やかましいほどの質問攻撃に、私の背には冷や汗が流れる。

日替わり定食の売り切れは決定的で、それどころか昼休みが質疑応答で消えてしまいそう。

これは家で文句を言わせてもらわなければと、大きなため息をついていた。


時刻は二十時四十五分。

私の部屋のこたつテーブルの上には、愛知《あいち》の純米大吟醸『醸《かも》し八平次《はちへいじ》』を注いだ湯飲み茶碗がふたつ置かれている。

冷やしても爽やかに香り、微かな酸味が夏に相応しい。

ああ、染みるな……。

テレビは今放送中の歌番組を映しており、川中美幸《かわなかみゆき》の『ふたり酒《ざけ》』を聴きながら、よっしーが買って帰った特Aランク和牛のローストビーフを食す。

贅沢を教えてくれる彼に感謝しつつも、私は昼間の会社での騒ぎについて説教していた。

「よっしーが総務から出ていった後、大変だったんだよ。どんな家でどんなふうに過ごしているのか。社長といちゃついたりしてるのかって、質問の嵐だ」

そのせいで社食にさえ行けずに昼休みは終わってしまい、小山さんが買ってきてくれたコンビニのあんパンひとつという、寂しい昼食になってしまった。

部屋着姿の私は日本酒をあおり、「なんで同棲してると言っちゃうのさ」と責める。

すると、スーツのズボンと白いワイシャツ姿で、私にくっつくほどに体を寄せてあぐらをかく彼が、口を尖らせ反論してきた。

「営業部の男が夕羽ちゃんを飲みに誘ったから、なんかむかついて。それに、夕羽ちゃんが隠し事はしたくないと言ったんじゃないか」

「むかつく？　よくわかんないけど、隠す必要がないと思ったのは私たちがどんな関係にあるかについてで、一緒に暮らしていることじゃない。そこは秘密にしないと、困るでしょ」

「なにが困るの？」と不満げな声で問い返した彼に説明したのは、昼間も過った心配だ。

同棲イコール恋人関係にあると、誰もが思うに違いない。

彼は三門家の御曹司なのだから、親をはじめ親族や仕事の関係者たちが、交際相手を気にすることだろう。相手が私だと知れば、全力で止めに入るのではなかろうか。女らしさの欠けた、ただの漁師の娘が、三門家の嫁に相応しいとは思えない。つまりは身分違いというやつだ。

それを話せば、なぜか彼が肩を揺すって笑い出す。

「身分違いって、いつの時代の話だよ。俺は庶民だよ。明治時代の三門は子爵を名乗っていたそうだけどね」

「子爵⁉　本物のお貴族様じゃないか！」

「だから昔の話。俺の交際相手を周囲にとやかく言わせないから安心して。そのうち親にもきちんと夕羽ちゃんを紹介しようと思ってる」

「それならいいけど」と答えてから、湯飲み茶碗を持った右手が空中でピタリと止まった。

なにかがおかしいと目を瞬かせ、はたと考え込む。

私を親に紹介とは、これいかに。

わざわざ『一緒に暮らしている友達です』と言いに行かねばならないのだろうか？

よっしーの口振りだと、私と交際中という認識が、当たり前のように彼の中に存在しているようにも聞こえたんだけど……。

念のため、私たちの関係が友達であることを確認しようとしたが、ローストビーフをつまんだ彼の箸が私の口に突っ込まれたため、それを咀嚼するしかなかった。

ひと切れ二千円もするそうだから、しっかり味わわないと損をする。

ほどよく脂の乗った柔らかな赤み肉の旨味は絶品で、頷きながら噛みしめているうちに、確かめようとしていた疑問を忘れてしまった。

私の湯飲み茶碗に、一升瓶から酒を注いでくれる彼は、話題を変えた。

「夕羽ちゃん、次の日曜、空けておいてね。鰻《うなぎ》の美味しい店を夕方に予約したから」

ローストビーフを飲み込んで、日本酒をちびりと口にした私の頭には、鰻の蒲焼の味が浮かんできた。

夏は鰻だよね。

彼が連れていってくれる店なら、さぞかし美味しいことだろう。甘辛いタレを纏った肉厚の鰻に、山椒をたっぷりと振りかけて、ご飯とともにかき込みたい。

想像してよだれが出そうになった私だが、次の日曜の夕方はとても大事な予定があるので、きっぱりと断った。

「その日は駄目。待望の五木様のディナーショーに行くんだよ」

三カ月ほど前にファンクラブ先行予約で手に入れたチケットは、タンスの引き出しに大切にしまってある。時々出して眺めては、その日が来るのを楽しみにしていたのだ。

どんな高級鰻重だって、五木様には敵わない。

面白くなさそうな顔をして、じっとりと私を見つめてくる彼を無視し、私は立ち上がってタンスの前に移動した。

引き出しからチケットを取り出してニヤニヤと眺めてから戻し、続いてハンガーにかけている夏らしい水色のワンピースを体に合わせて、満足して頷いた。

これはディナーショーのために、貧しい財布から二万を叩いて新調した服だ。

Tシャツとデニムパンツで行くわけにいかない。五木様に会うのだから、それ相応の格好をしていかなければ失礼にあたる。

服をチェックした後は、もうひとつの引き出しから、ネックレスケースを取り出した。

そうそう、アクセサリーも必要だよね。

蓋を開ければシンプルな一連の真珠のネックレスが現れる。

冠婚葬祭で活躍してくれるこれが、私が持っている唯一のアクセサリーで、母のお下がりだ。少々錆《さび》の入った留め具を見れば、年代物なのがよくわかる。

なにげなくケースからネックレスをつまんで持ち上げた私は、「わっ！」と驚きの声をあげた。

糸が切れてしまい、真珠がバラバラになって絨毯に散らばったのだ。

「ああ……修理しないと。でも、ディナーショーに間に合わないかな。買い直した方が安いかもしれないよね……」

予期せぬ痛い出費にテンションが下がってしまったが、壊れたのが今でよかったと思い直す。ディナーショーの真っ最中に安物の真珠をばら撒くよりは、ずっといい。

しゃがんで真珠を拾っている私を黙って見ていたよっしーは、おもむろに立ち上がると、壁際のベッドの上に脱ぎ捨ててある彼のスーツのジャケットから、スマホを取り出した。私に背を向けて、どこかに電話をかけている。

「三門です。営業時間外に申し訳ないが、今から来ていただきたい。女性用のネックレスを何点か頼みます」

真珠を拾う手を止め、私は目を丸くして彼を見る。

電話を切った彼に「誰が来るの？」とおずおずと尋ねれば、振り向いた彼が普通の口調で言う。

「懇意《こんい》にしている宝石商の営業マン」

　驚いた私は立ち上がり、せっかく拾い集めた真珠が手のひらからこぼれ落ちてしまった。

「それって、私のためだよね？　よっしーがお金持ちなのは知ってるけどさ、壊れたのは安物だし、そこまでしてもらうわけにいかないよ」

　自宅に宝石商を呼び出しての買い物とは、きっと私の想像を超えた高額商品を見せられるに違いない。すでにバッグや腕時計などを買ってもらって恐縮しているのに、宝石なんて勘弁してほしい。

　友達にアクセサリーを気軽にプレゼントすることは、もしかすると富豪の常識なのかもしれないけど、庶民の私には非常識だ。

　眉を寄せる私に歩み寄った彼は、少し寂しげな顔をしている。私の頬を大きな手のひらで包み、額同士をコツンとぶつけてくるから、鼓動が跳ねた。

　またキスされるのではと身構えたが、そうではなく、すぐに額も手も離れて近すぎる顔の距離は元に戻された。

　小さなため息をついてから、彼はアクセサリーを私に贈りたい男心を聞かせてくれる。

「ディナーショーって、もっくんと行くんだろ？」

「そうだけど……なんで、もっくんの話？」

「妬いてるの。夕羽ちゃんが俺より親しい間柄だって言ったから。せめて俺が贈ったネックレスをつけていってもらわないと、気持ちよく送り出せない。俺の方が色々としてあげられる立場にいると思わせてよ」

速度を上げた鼓動は、落ち着きを取り戻していた。

真顔の彼を見ながら、腕組みをして考える。

友達でも執着心からやきもちを焼くことはあるのかもしれないが、そこまでもっくんにこだわる気持ちがわからない。

初めてもっくんの話をした時、私を狙っている危険人物扱いをして、慌てていたっけ。

彼の静かな語り口から判断するに、今はそこまでの焦りはない様子だが、それでも気に入らない存在なのは確かなようだ。

宝石商を呼び出した理由は、もっくんよりも私への影響力が上であると示したいため。

そんな男心に呆れつつも、子供なのか大人なのかわからない拗ね方をする彼を可愛く感じて、私はフッと口元を緩ませた。

こたつテーブルの上に置いていた自分のスマホを手に取り、やれやれという気持ちで写真フォルダを開く。

もっくんは、人のいい演歌好きのおじいさん。私のことは友人というよりは、気の合う孫と出かけている心境なのではないだろうか。

もっくんの顔を見れば、よっしーもきっとそう感じて、おかしなやきもちを焼かずに済むのではないかと思っていた。

「確か、もっくんとコンサートホールの入口で記念撮影した写真があったような……」

百枚ほど保存してある画像の中からそれを探して彼に見せるも、「顔がわからない」と言われてしまう。

あれ？　本当だ。

並んで撮ったはずなのに、もっくんは左半身の半分も写っていない。

シャッターを押してくれた通りすがりのおばさんが、下手だったということなのか。

それならばと他の画像を探すも、どれもこれも見切れていて、まともな写真がない。

唯一全身が写っているものは後ろ姿で、薄毛の頭髪はよくわかっても、気さくで朗らかな人柄は伝わらないだろう。

「ごめん、ごめん。次の日曜、ちゃんともっくんの顔を写してくるから」と苦笑いしたら、彼はプイと顔を背けて口を尖らせる。

「撮らなくていい。ふたりが仲良くしている姿は見たくない」

しまった。余計に拗ねちゃった。

写真を見せようとしたのは、逆効果だったか……。

私が後悔したその時、インターホンが鳴り響いて、今度は声に出して「しまった」と呟いた。

訪問者は宝石商に違いない。

足早にドアまで移動したよっしーは、「着替えたら夕羽ちゃんもリビングに来てね」と言い残して出ていった。

言われなくても、Tシャツとパジャマのズボンという格好で人前に出るつもりはない。

というより、宝石商が到着する前に、キャンセルの電話をさせようと思っていたのに、到着が早すぎるよ……。

それから三十分ほどして、宝石商の中年の営業マンは、深々とお辞儀をしてからホクホク顔で帰っていった。

玄関から一階のリビングに戻った私たちは、十数人は座れそうなコの字型のソファに隣り合って腰かけ、テーブル上に並べられた五つのネックレスケースを見つめていた。

もう、どうしてくれようか、この富豪男。宝石商のおじさんが持ってきたネックレス五点を、勧められるがままになぜ全て買ってしまうのか。

ネックレスケースはどれも蓋が開いており、その中身が天井からの照明を反射させて、眩い光を放っている。

大粒の天然パールに、三連のダイヤのネックレス。ルビーにサファイアに翡翠《ひすい》と、ごんなに豪華で華やかなものを、どこにつけていけと言うのだろう。

頭を抱える私に対して、彼は楽しそうな弾んだ声を出す。

「もっくんと出かける時は、必ずこのネックレスをつけていってよ。それで、俺に買ってもらったって、もっくんにアピールしてきて」

「うん……わかったから、お願い。もう二度と私のために大金を使わないと約束して」

「これが大金？　一億にも満たないけど。この前買ったプライベートジェットに比べたら、随分と安い買い物だよ」

思わず顔を上げて隣を見れば、両腕を頭の後ろで組み、ソファに深く背を預けて呑気にあくびをしているイケメンがいた。

彼にとって、このネックレスの代金は、はした金らしい。

呆気に取られつつ、プライベートジェットという言葉で、思い出したことがあった。

それは十日ほど前の、お盆休みに入る少し前のこと。土日に無理して時間を作り、私を高級店にばかり連れていく彼に、『たまには庶民的な安い店で、食べ慣れた料理を楽しみたい』と本音を漏らしたら、『例えばどんな？』と問われた。

その時頭に浮かんだのが屋台みたいに小さな中華飯店で、そういう場所で餃子と小籠包が食べたいと言ったら、とんでもないことになったのだ。

その翌日の日曜日に、なぜかパスポートを持たされた私が連れていかれたのは飛行場。『昨日買った』とサラリと言われた自家用ジェット機に乗せられて、着いた先は台湾《たいわん》だった。

それは台湾の屋台を食べ歩こうという日帰りの小旅行で、私は唖然とするばかり。庶民的な店で安価な餃子や小籠包を食べさせてくれと言ったけど、本場まで連れていかれるとは思わなかった。

あの時のプライベートジェットも、私のために買ったようなもので、そう考えればネックレスの五点くらい……という気持ちには、やっぱりなれそうにない。

私がネックレスとジェット機と、本場の小籠包の忘れられない美味しさに、ひとり思いを馳《は》せていたら、隣で彼がため息交じりに呟いた。

「夕羽ちゃんともっと一緒にいたいのに、思うように時間が取れないな……」

天井に向けたそれは独り言のようにも聞こえたが、私は立てた膝の上に頬杖をつきつつ、「結構一緒にいると思うけど」と冷めたツッコミを入れる。

すると目線だけを私に流し、「全然足りない」と不満げな声で返事をされた。

「お盆休みも別行動だったろ。俺の実家においでって言ったのに、来てくれなかった」

「いやいや、三門家の法要に呼ばれても、そりゃ断るよ。部外者だし。それにお盆は島に帰ってこいと言われて、漁の手伝いに忙しかったんだよ」

そんなに一緒にいたいなら、私の帰省についてきて漁を手伝えばよかったじゃないかと反論したくなったが、都会っ子の彼に漁は無理だろう。

三門家の御曹司としての役目を、おろそかにするわけにもいかないしね。

私たちは子供じゃないから、それぞれの家のことを務めるのは当然で、いつも一緒に飲んだくれていられないのだと、諦めてもらわねば。

リラックスした姿勢で天井を仰ぐ彼は、「うーん」と唸ってなにかを考え中の様子。

「来週は火曜から四日間、出張なんだよな……」

「どこ行くの？　国内？」

「いや、中東。また夕羽ちゃんと離れ離れだ」

そう言って深いため息を漏らした彼が、一拍おいて突然勢いをつけて上体を起こすから、私は「わっ！」と驚きの声をあげた。

ガシッと両肩を掴まれて、体を彼の方に向けさせられる。

「な、なに？」と上擦る声で尋ねれば、「そうだ。夕羽ちゃんを連れていけばいいんだ！」と名案を閃いたかのように興奮気味に言われた。

とんでもないことを言い出した彼に、私は目を丸くする。

庶務担当の派遣社員を海外出張に同行させて、なにになる？　役に立たないどころか、邪魔しそうで怖い。

取引先の人だって、仕事についてなにもわからない私に首を傾げることだろうし、変に気を使わせてしまうかもしれない。

驚きの波はすぐに引き、そういった趣旨の反論を淡々と返したが、彼のテンションは下がらず、嬉々としてスマホを取り出している。そして「津出に夕羽ちゃんの同行を伝えないと」とメールを打ち始めた。

私の懸念に対しては、「その点は大丈夫」と平然として答える。

「仕事相手は十年来の友人でもあるんだ。フレンドリーで気さくで、気前のいい奴だよ。仕事の話半分、友達としての交流半分といった出張になると思う」

その人柄の説明に、もっくんみたいな人なのかと想像した私は、頬の緊張を解いて「ふーん」と頷いた。

けれども、その後の補足に私の笑みが固まる。

「去年は休暇に使ってくれと、小島を贈られたし、三年前は油田もくれた。太っ腹な男なんだよ」

島と油田をくれる友人って、どんな人……？

私の分まで坂本冬美のコンサートチケットを買ってくれたもっくんは、気さくで気前のいい友達に違いないが、よっしーの友人を同類に考えてはいけなかった。

富豪の友人は、当然のことながら富豪ということなのか……。

そう考えれば、私たちが友達であることは、奇跡的で激レアなのかもしれない。

秘書の津出さんからの返信メールを受け取っている彼を見ながら、私はすごい人と暮らしているのだなと、今さらながらに感じていた。

五木様のディナーショーも済んだ八月下旬の火曜日、よっしーに連れられて成田《なりた》空港から飛び立った私は、半日ほどをかけて中東の産油国までやってきた。

到着したのは現地時間の夕方で、東京より暑い外気温の中、空が茜色に燃えている。空港までお迎えが来ていて、黒塗りの高級車に乗せられた私たちは、よっしーの友人でもある仕事相手の住まう屋敷へと向かっていた。

この出張は私たちの他にも開発部の三十代の男性社員がふたり同行していて、今夜の宿は全員がその屋敷。富豪の友人が、ぜひ我が家に泊まってくれと言ったそうだ。

二台の車に分乗しての移動で、この車の後部席には私とよっしーのふたりだけ。

私は車窓の景色を物珍しく眺めつつ、東京とさほど変わらぬ高層ビルの数に驚いていた。

はぁー、かなりの都会だね。

街路樹が見慣れぬ南国の植物であったり、アラビア語の看板や民族衣装の人を見れば、中東の雰囲気を感じるけれど、私の想像とはだいぶ違った。

アラブと聞いて私が思い浮かべるのは、ランプの巨人が登場するあの名作の世界。砂漠があり、ラクダがいて、モスクがある。エキゾチックでどこか古めかしさがあり、絨毯が空を飛んでいてもおかしくない街並みを期待していたのだが、残念ながら非常に現実味のある近代都市の中を進んでいた。

今日の私はよっしーが用意してくれた、タイトスカートタイプのベージュのスーツ姿だ。

ライトグレーのスーツを着た彼に「ねぇ」と呼びかければ、隣の座席で書類に目を通していた彼が、「なに？」と私を見た。

何度もこの国を訪れている彼にとっては、車窓の景色に珍しさを感じないのかもしれないけど、初めての中東を旅する私に少しばかり付き合ってもらいたいところ。

想像より随分と都会的で、私のイメージと異なっているという感想を伝えれば、彼は目を瞬かせてから真顔で私の肩をポンと叩いた。

「夕羽ちゃん。知らなかったのかもしれないけど、絨毯はどこの国でも敷くものであって、空は飛ばないんだよ。ランプから巨人も出てこない」

「そんなことはわかってるよ！　ただ、もう少しアラビアンな景色を期待していたと言いたかったの」

口を尖らせて反論したら、クスリと笑った彼に「それなら問題ない。今、期待通りの場所に向かっているから」と頭を撫でられた。

その言葉通り、一時間ほど移動して目的地に到着した私は、降車するなり「アラビアン！」と目を輝かせた。

玉ねぎ型の屋根が八つと、四本の尖塔を備えるエキゾチックな外観の大邸宅が、目の前にそびえている。

ここは大都市の郊外にあたるのか、砂地に椰子の木が茂り、泉もあって、砂漠の中のオアシスのようだ。

ドアや窓は中東の雰囲気の漂う透かし彫りの入ったアーチ型で、長い外廊下に連なる柱の隙間からは、橙色の明かりが温かく漏れている。

空は紫がかり、夜の帳《とばり》が下りようとしていて、青白く見える白亜の壁と、屋敷の暖色の明かりとのコントラストが、芸術的に美しかった。

こんなにも豪奢《ごうしゃ》な大邸宅が、彼の友人の住まいらしい。

「お城みたい」と嘆息《たんそく》すれば、「城に準ずるものかもな」と隣で彼が平然と言う。

「俺の友人はこの国の第八王子だ。王位継承権の順位はかなり下だから、王族というより実業家の面が強いけど」

王子……まじですか。

外国の王族を友だと言い切る彼を唖然として見つめれば、只者ではない気がしてきた。

あの夏の、少々頼りないぽっちゃり少年の面影を探したが、見つけられず、彼を見る目が変わってしまいそうだ。

知らない人と一緒にいるような心持ちになり、一歩横にずれて距離を取れば、ムッと眉を寄せる彼に腕を掴まれて、引き寄せられてしまった。

私の手を自分の腕にかけた彼は「俺から離れることは許さない」とニヤリと笑って言い放つ。

「はい……」

なぜか彼が頼もしく見えて、私の鼓動が高鳴った。

これが旅先マジックというやつか。

初めての場所に戸惑う中、同行者が堂々と振る舞っていれば、かっこよく見えてしまうもので、私の今の心境もそういうことにしておこうと思う。

心なしか顔が熱い理由は、東京の夏よりも高い気温のせいに違いない。

そうやって心の中で屁理屈をこね、似合わない乙女チックなときめきを押し込めたら、もう一台の黒塗りの車から、同行の社員ふたりも降りてきた。

腕を組んでいる姿を見られても気にする様子のないよっしーは、「行こうか」と私をエスコートして、白と青のタイル敷きのアプローチを歩き出す。

すると数メートル先にある、大きな両開きの玄関ドアが開いて、満面の笑みを浮かべたひとりの青年が両腕を広げて現れた。

丈長の白い民族衣装のカンドゥーラを纏い、頭には白地に赤い模様入りの布を被って、黒いリングをはめている。ワイルドな顎髭の似合う彫りの深い美青年で、彼が屋敷の主人である王子だと思われた。

玄関ポーチで対面すると、王子とよっしーは両手でしっかりと握手を交わす。

ふたりが楽しげに語らう言語は英語だが、日本語しか話せない私にはさっぱりわからない。

よっしーが私を紹介してくれて、王子がにこやかに声をかけてくれる。

なにかを答えなければと焦った私は、「サンキュー。オーケー。アイハブ、ア、ペン」と知っている単語を並べてみた。

そうしたら、ふたりは顔を見合わせてから吹き出して大笑い。

後ろからは、男性社員ふたりの笑い声も聞こえて、私はしくじったことを悟る。

なんか全員に馬鹿にされたようだけど……。

その通りだから、まぁいいかと不満には思わずに、とりあえず私も一緒に笑っておいた。

ゲストルームに案内されて荷物を置いた後は、歓迎会を開いてくれるというので、広間へ移動した。

テニスコート一面はありそうな広間は、柱や壁が金細工で装飾され、天井はドーム型。シャンデリアの眩い光が白大理石の床を輝かせていた。

テーブルや椅子はなく、床に座って食事をする風習のようで、広間の両サイドは精緻《せいち》な模様を織り込んだ絨毯が長く敷かれていて、その上に置かれた銀のトレーには、ご馳走が山ほど用意されている。壁に沿わせてクッションがいくつも並べられていて、背を預けて寛いでもいい様子であった。

英語はわからないが、王子が『どうぞ座って食事を楽しんで』といった雰囲気で、絨毯を指す。

よっしーは王子の横に座り、その隣に私。さらに隣に男性社員二名が続いて横並びに腰を下ろす。

広いスペースを挟んだ向こう側の絨毯にも人はいて、既婚者である王子の妻子や仕事関係者が二十人ほど並んで座っていた。

ここは中東の宗教国家であるけれど、戒律はそれほど厳しくないそうで、男性の中に女性が同席しても問題ないらしい。

ただアルコールは禁止であり、用意された飲み物はフルーツフレイバーのソーダ水。ローストチキンや、羊肉と豆の煮込み、長粒米をスープで炊き込んだものなど、日本人の口にも合いそうな料理が並ぶ中で、『これで酒があったなら……』と、うわばみの私にはそこだけが残念な宴《うたげ》であった。

歓迎会は和やかな雰囲気で始まって、二十分が経過していた。その間、私は黙々と料理を味わうのみで、会話する相手がいない。

よっしーは王子と熱心に話し込んでいて、仕事の話かもしれないので、『ねぇ構ってよ』と声はかけられない。

右隣の開発部の男性社員ふたりも、食べながら明日からの仕事の段取りの確認のような会話をしているため、こちらにも話しかけられずにいた。

誰にも構ってもらえずとも、子供じゃないから拗ねたりしないけど、少々の寂しさと疎外感を覚えるのは正直なところ。

こんな時には演歌を脳内再生だと、一昨日のディナーショーを思い返していた。

私のテーブルは、残念ながらステージから少し離れていたのだけれど、五木様は歌いながら会場内を歩いてくれて、私のすぐ目の前で『契《ちぎ》り』を歌ってくれた。色っぽく響くいい声で、あの歌詞を口ずさまれたら、もうとろけてしまう。

危うく鼻血を出して卒倒するところだったよ……。

そんなふうにぼんやりと回想し、演歌の世界に浸っていた私だったが、突如《とつじょ》として耳にまったく違うジャンルの音楽が届く。

「夕羽ちゃん」と、やっと構ってくれたよっしーが、「ベリーダンスが始まるよ」と教えてくれる。

広間は青白い間接照明に切り替わり、エキゾチックな音楽に合わせて、美しい女性ダンサーが三人、踊りながら登場した。

煌びやかな衣装はスパンコールやビーズで派手に飾られ、ブラジャー型のトップスと腰に布を巻いただけで、背中や腹部が大胆に露出している。

緩やかなメロディは徐々にテンポが上がり、彼女たちが激しく腰を振れば、大きくスリットの入ったスカートから太ももが見えて、とてもセクシーだ。

すぐ目の前で繰り広げられる魅惑的なベリーダンスに鳥肌が立ち、私の鼻息は荒くなる。

これぞまさしく「アラビアンナイトだ！」と、つい大きな歓声をあげて興奮してしまったが、誰に注意されることもなく、よっしーは「楽しんで」と笑顔を私に向けてくれた。

そう言ってくれるなら、心置きなくとことん楽しもうと思う。

「私も踊りたい！」と言えば彼は驚いていたけれど、すぐに王子に話をつけてくれた。

それから一旦退室した私は、十分ほどして広間前の廊下に戻ってきた。

どこへ行っていたのかというと興行一座の控室で、ダンサー衣装に着替え、スタッフのおばさんから基本のステップを教わっていたのだ。

貸してもらった衣装は紫色。ブラジャー型のトップスと大きくスリットの入った薄い生地のスカートには、ダンサーのお姉さんたちと同じく派手な飾りがついている。頭には、透け感のあるベールを被っていた。

着替えまでするつもりはなかったので最初は戸惑ったけど、おばさんに押し切られる形で身につけてみれば、結構様になっている気がしてテンションが上がる。

屋敷の使用人が開けてくれたドアから、いざ広間の中へ。

そこは何曲目かのダンスの真っ最中であったが、登場した私に拍手が湧いて、ダンサーのひとりが迎えに来てくれた。

にこやかなお姉さんに手を引かれて、私は広間の中央に壁側を向いて立たされる。

目の前には、料理を前にあぐらをかいて座るよっしーがいて、口をあんぐりと開けているところを見れば、本格的な衣装を身につけての私の登場は予想外であったのだろう。

そんなに驚かれると、照れるじゃないか。

まじまじと見つめられて、急に恥ずかしさが込み上げてくる。

けれどもダンサーに促され、見よう見真似で踊り出せば、すぐに楽しさが勝り、熱視線を送ってくる彼のことなどどうでもよくなった。

どうだい、このリズム感。動きが少しばかり盆踊り風だが、なかなかうまく踊れている気がする。

腰に垂れ下がる飾りのコインが激しく揺れ、シャラシャラと音を立てれば、大歓声が沸いて広間は大盛り上がりだ。

酒も飲んでいないのに、いい気分で調子に乗った私は、勝手に広間を踊り歩く。

すると後ろにダンサー三人がついてきて、なぜか私がこの一座の、リーダー的な役割を果たしていた。

広間の端から端までを楕円を描くように移動して、元の場所に近づいた時、思わぬアクシデントが起きてしまう。

衣装のトップスが少々きつめだとは思っていたのだが、ダイナミックに腰を振った瞬間に胸が左右に大きく揺れて、フロントホックが耐えきれずに壊れてしまったのだ。

まずい！と慌てて両腕で胸を隠したけれど、見えてしまったかもしれない。

私のすぐ目の前に座っているのはうちの社の男性社員ふたりで、ひとりは『あ』の形で口を開いたまま固まっていて、もうひとりは鼻から赤い液体を垂らしていた。

こんな私でも女性としての羞恥心は持ち合わせているので、彼らの反応に瞬時に顔が熱くなり、ダンスのせいではない汗が額に滲む。

前屈みの姿勢でどうしようと固まっていたのは、ほんの二、三秒ほど。

気づいたら、私の背にはスーツのジャケットがかけられて、「早く着て！」と焦ったような声をそばに聞いた。

そっと顔を上げれば、しかめ面をしたよっしーがいて、私を隠すように腕を広げて立っている。

「あ、ありがとう」とお礼を言ってジャケットに腕を通し、前ボタンを閉めてはだけた胸を完全に隠した。

よっしーにも、見られてしまったよね……。

彼には服の上から胸を揉まれたことはあるけれど、胸そのものを見られたことはない。

そのどちらが恥ずかしいのか判断はつかないが、「いやー、ごめんごめん」と頭をかいて、羞恥心をごまかそうと笑った。

照れ笑いする私に彼はため息をついて眉間の皺を解き、「まったく……」と呆れたように言う。

「夕羽ちゃんはもう部屋に戻りなさい。俺以外の男の前で、裸を見せるのは禁止だよ」

男らしくきっぱりと言い放ったその言葉に、胸を熱くしかけた私だが、直後に引っかかりを感じて目を瞬かせる。

助けてもらっておきながら申し訳ないけど、ツッコミを入れてもいいだろうか？

『よっしーにも裸を見せる気はないからね』と心の中で呟いて、火照る顔を彼から背けた。

曲が変わり、ダンサーがまた場を盛り上げる中、私はゲストルームに戻っているようにと彼に命じられ、広間から追い出されてしまった。

もうお腹はいっぱいだし、会話にも混ざれないからそれでも構わないけど、部屋に戻る前にまずは着替えなければ。

そう思い、衣装を貸してくれたおばさんのいるダンサー控室に向かったのだが、広すぎる屋敷の廊下は複雑に入り組んでいて、案内なくしてはたどり着けない。

あっちか、それともこっちだったかとひとりで歩き回っているうちに、見たことのない場所に出る。

これは完全に迷子だね……。

私が今歩いている場所は外廊下のような半室内の通路で、中庭に面している。ライトアップされた噴水の周囲に南国の花が咲き乱れて、とても綺麗だ。

これは一見の価値ありということで、迷って正解……ということにはならない。

正方形の中庭と外廊下は全てのものがシンメトリカルな造りになっており、景色を見ながら外周をぐるりと回っているうちに、方向感覚まで失ってしまった。

どこからここに出たのかもわからない。

心細くなり、羽織っているよっしーのジャケットを握りしめて立ち尽くしていたら、前方に人の姿が見えた。

王子と似たような白い民族衣装を着ている青年だが、装飾性のない簡素な衣服なので、使用人だと思われる。

助かったと喜んで駆け寄り、呼び止めれば、アラビア語でなにかを問いかけてきながら、彼は人のよさそうな笑顔で私と向かい合った。

彼はアラビア語しか話せないようで、日本語のみの私との会話は、小学生レベルの英単語と、身振り手振り、それと目力で行われた。

私は王子の客で、とりあえず先ほどの広間まで戻りたいということを必死に伝えようとする。

着ている衣装を指差して、ベリーダンスを踊ってみせ、英語で「バック」と連呼して彼の手を取り、「レッツゴー！」とカッと目を開いて訴えた。

すると「ＯＫ」と理解してくれたふうの彼であったが、なぜか照れ笑いを浮かべており、私を柱の影へと誘導する。

そして私の背後に回ると、衣装のスカートを捲り上げようとしていて……。

え、なにこの状況。

もしかして、とんでもない誤解が生まれてる⁉

どうやら彼は私が誘惑してきたと勘違いをして、一夜の過ちに応じようとしてくれているようだ。

慌てて彼に向き直り、「そうじゃなくって！」と日本語で否定したら、拙い英語で「オー、ソーリー」と答える彼が、なぜか私を囲うように柱に両腕を突き立て、唇を近づけてきた。

今度はどんな勘違いだ。

『まずはキスからでしょ』とでも、私が言ったと思ったの？

「ちょっと待って、それも違うから！」

焦る私が彼の口を両手で塞いでキスを未然に防げば、彼は不思議そうに目を瞬かせている。

この人は悪人ではなく、うまく伝えられない私の方が悪いのだ。

それでも見知らぬ男性に襲われる恐怖に涙目になり、助けを求めて「よっしー！」と大声で叫んだら、その声が中庭を通って周囲の壁に反響した。

その直後に廊下を駆ける足音が聞こえて、本当に彼が目の前に現れるから、驚きのあまりに私の涙は引っ込んで、口をポカンと開けてしまった。

「夕羽ちゃんを放せ！」

なにその登場の仕方。ヒーローみたい……。

使用人の青年は驚いて私を囲う腕を外し、さらに一歩後ずさる。

よっしーは私の腕を掴んで引き寄せると、ワイシャツの胸に強く抱いた。

彼の肩に頬をつけ、至近距離にある喉仏が上下する様を、私は胸を高鳴らせて見つめる。

彼から伝わる速い呼吸と心音は、焦りの表れだろう。

もしかしたら私の様子を見にゲストルームまで行ったのかもしれない。

そこにいないことを知って、広い屋敷内を探し回ってくれたのか……。

密着する胸と、背中に回されている腕の温もりに、安心とときめきを同時に感じていたら、片言のアラビア語で青年を叱責する厳しい声を聞いて、私はまた焦り始めた。

よっしーの胸から顔を上げ、使用人の青年が悪いのではなく、私が変な誤解を与えてしまったのだと慌てて説明すれば、怒りをぶつけるのはやめてくれた。

その代わりに「なにやってんだよ」と私が叱られる。

やっと誤解が解けた使用人は、頭を下げて謝罪してから、逃げるように立ち去った。

ふたりきりの外廊下に響くのは、噴水の水音と、懇々と説教するよっしーの声。

「一体どんな話し方をすれば、襲われる展開になるんだ。それ以前になぜ迷う？　この屋敷はそれほど広くないよ。普通のホテルくらいだろ」

お叱りはごもっともですが、私が認識している普通のホテルとは結構広いものだ。

どんな話し方をと言われても、片言の英語とジェスチャーでの会話を再現するのは恥ずかしすぎるので、勘弁してもらいたい。

反論は心の中だけで。

助けてくれた彼には心から感謝しているので、今は殊勝《しゅしょう》な態度で大人しく、彼の気の済むまで叱られていようと思う。

腕組みをして厳しい顔を私に向け続けていた彼だったが、私が「ごめん」と肩を落としてうなだれたら、小言はやんで優しく抱き寄せられた。

「お説教はお終いということで、いいのかな？」と恐る恐る尋ねれば、「うん。怒ってごめん」と謝られ、「キスされたの……？」と不安げな声で問いかけられた。

「される直前って感じだった。ありがとう。助かったよ」

「よかった……」

心底ホッとしたような返事が耳を掠めて、ゾクリとしたら、「夕羽」と艶めいた声で呼び捨てられる。

少し体を離されて、その顔を仰ぎ見れば、男の色気を醸す情熱的な瞳と視線が合った。

今日も伊達眼鏡をかけている彼が、それを外すと、黒目がさらに蠱惑的に見え、私の鼓動はなにかを期待して急激に速度を上げる。

顎をすくわれて、顔を近づけられても、逃げようという気持ちは少しも湧かない。目を閉じて唇が重なる瞬間を待ちわびる私は、どうしてしまったのか……。

彼とのキスはこれが四度目だけど、これまでとは違って、唇が触れ合った途端に、熱いものが胸に込み上げてきた。

友達同士のキスは、私の中で常識外のはずなのに、どうにも止められない。

彼の首に腕を回して、もっと深くと求めてしまった。

「んっ……」

重ねた唇の隙間に甘く呻《うめ》いてしまい、それがかえって私の情欲に火をつけた。

どうしよう。

石川《いしかわ》さゆりの情熱的な恋の演歌『天城越《あまぎご》え』が頭の中に流れてくる……。

どれくらい口づけていたのか。

息が苦しくなり、閉じた瞼から涙が滲む。頭が霞がかって、これ以上は無理だと唇を離して目を開ければ、彼の満足げな笑みを見た。

足から力が抜けそうな私を支えるように腰に両腕を回して腹部を密着させ、彼は偉そうに言い放つ。

「今後は妬かせるなよ。この唇も体も、夕羽の全ては俺のものだと覚えておいて」

それはつまり、どういうこと……?

脳に酸素が供給されて思考力が戻っても、彼の言わんとしている意味をうまく理解できずに首を傾げた。

おそらくそれは、私が馬鹿だからではない。彼の言葉に、大事な要素が抜けているせいだ。

彼の首に回していた腕を外して、人差し指でポリポリと頬をかき、「あのさ……」と念のために確認させてもらう。

「私は、よっしーの彼女的な存在なのかな？」

違うのなら大恥をかくことになり、ダッシュで逃げてまた迷子になることだろう。

しかし、さっきの発言を含め、これまでの彼の言動を振り返れば、どうもただの友達と思われていない気がしてならないのだ。

確か先週、ローストビーフを食べながら飲んでいた時も、『そのうち親にもきちんと夕羽ちゃんを紹介しようと思ってる』と言われたよね。

私は彼のなんなのか。

それをはっきりさせてもらわないことには、『夕羽の全ては俺のもの』だと言われても、なんと返事をしていいのかわからないよ。

返事を待つ数秒間、落ち着かない気持ちで目を泳がせてしまう。

ドラムロールのように鳴り響く、自分の鼓動が耳障りだ。

そんな緊張の中でもらった返事が、「とっくに彼女だけど」というサラリとしたものので、肩透かしを食らった気分にさせられる。

彼の顔を見ればキョトンとしていて、今さらなにをと言いたげに、眼鏡をかけ直していた。

戸惑いながら「とっくにって、いつから？」と問えば、「同棲初日から」と淡々と返される。

「俺は恋人でもない女性と、一緒に暮らしたりしないよ」

そんなに前から、彼の中だけで私は彼女になっていたのかと驚いていた。

「それならもっとわかりやすい告白とか、なにかがあるべきでしょ！」とつい声を大きくしたら、不愉快そうに顔をしかめられる。

「夕羽ちゃん、もしかして覚えてないの？」

「なにを？」

「引越しの夜、付き合ってほしいと、俺ははっきり言ったんだけど」

キョトンとするのは、今度は私の番だった。

記憶を遡《さかのぼ》れば、引越し祝いと称してよっしーと乾杯し、飲んだくれた自分の姿が脳裏にモヤモヤと浮かび上がる。

彼との同棲をＯＫした理由は、日本酒飲み放題だと言われたことだ。

まだ味わったことのない珍しい地酒の瓶がズラリと並んでいるのを見て、これは全種類テイスティングしなければと、飲みすぎたんだよね。

彼に絡み酒をしつつ、『もちろんいいよ。どこだって付き合っちゃうよー！』と、いい気分で答えた自分を思い出した。

あの時の私は、『付き合ってほしい』という彼の申し出を、単なる外出への同行かと思っていて、交際を求められたとは少しも気づいていなかったのだ。

それを説明して、「ごめん、ごめん」と笑ってごまかそうとしたら、彼が急にしゃがみ込んだ。

「どうしたの!?　立ちくらみ？」

「違う。落ち込んでんの……」

なるほど。そりゃ、ガックリくるのも無理はない。

彼としては意を決して告白したつもりが、相手は告白の意味さえ理解していなかったのだ。あの日の緊張や、頷いてくれた時の喜びを返せと言いたくなるだろう。

白大理石の廊下の床に、人差し指で不思議な模様を描きながらいじける彼は、ブツッと独り言のように文句を呟く。

「だから夕羽ちゃんは、俺がおっぱい触ったら困った顔で拒否してたのか……。てっきり、肉体関係はまだ早い。時間をかけろ、という意味かと思って、我慢してたのに……」

そうだったんだ。それは悪いことをしてしまった。

でもね、そうは言うけど、よっしーは結構ボインボインと触ってたよ?

そこに遠慮や我慢はなかったような……。

「二十九にもなって、中坊の頃みたいに性欲と戦うのは悲しかった……。夕羽ちゃんは無邪気で奥手なんだと思ったり、もしや、かまととぶってる性悪猫かと怪しんだり……」

おいおい。

悶々《もんもん》と悩ませ苦しませたことは反省するけど、そんな言い草はないでしょう。

誰が、かまぼこ食ってる昭和のタコだ。

うちは漁師だから、かまぼこを手作りする時もある。いつか機会があれば、絶品かまぼこと、獲りたて茹でたての水ダコを食べさせてあげよう。

大きな体を小さく丸め、ひとり愚痴をこぼす彼を見下ろしていると、なんだか可愛く思えて胸がキュンと音を立てた。

それは母性本能でも、友達としての情でもない。

私は彼の少年っぽい可愛らしい性格が大好きで、時折見せる大人の男の顔には、ゾクリと体の奥が熱くなる。

ああ……男勝りな私でも、ちゃんと恋ができるみたい。

私はよっしーが……。

「大好きだよ」

パッと顔を上げた彼は、驚いたように目を見開いて、それから喜びを隠すことなく破顔した。

立ち上がって私を抱きしめる……のではなく、急に横抱きに抱え上げるから、「わっ!」と声をあげた私は、慌てて彼の首にしがみついた。

額に軽いキスを落とされて頬を熱くすれば、今度は大人の男の顔をした彼が言う。

「もう我慢の限界だ。今夜はたっぷりと夕羽を愛したい。寝かせないから覚悟しろよ」

いやー、それは帰ってからの方が……。

役に立たない私はともかく、彼は寝るべきだ。明日の仕事に支障をきたしたら大変だもの。

そう思っていたのに、彼に抱えられたまま長い廊下を移動してゲストルームに戻れば、私の芯も火照り出す。

ここは彼の部屋で、中央には天蓋《てんがい》付きの異国情緒溢れる大きなベッドが置かれている。高い位置にある透かし彫りの窓からは、月光が差し込み、シーツの上にエキゾチックな模様を描いていた。

その上にそっと下ろされて、仰向けに横たわる私に彼が馬乗りになる。

貸してもらったジャケットのボタンを外されたら、そこにあるのは裸の胸。

衣装のブラの留め具は壊れているから、脱がすまでもない。

隠す必要はなくても、照れくさくて、「あまり見ないで……」とお願いすれば、「嫌だ」とクスリと笑って拒否された。

「綺麗だよ。白くて大きくて柔らかい。やっと俺のものだ……」

ゾクリとするほど色気のある声で褒めた彼は、私の胸に顔を埋め、ボリュームのある肉感を楽しんでいる。

男らしい指や温かな舌で愛されて、私の口からは自然と甘い声が漏れた。

胸の頂を口に含まれたら、体を震わせて、「よっしー」と愛しい彼の名を呼んだ。

すると愛撫の手がピタリと止まり、彼の唇も胸から離れる。

真上から私の顔を見下ろす彼が、苦笑いをして文句を言った。

「夕羽、その呼び方、そろそろやめない？　どうも、子供扱いされている気がして……」

そう言われたら、そうかもしれない。

子供の頃の私が、頼りないぽっちゃり少年につけた呼び名だ。ハイクラスの頼れるイケメンに成長した今の彼には似合わない。

「じゃあ……良樹？」と正しい彼の名を初めて呼べば、照れくさくてドキドキと胸が高鳴り、甘くて熱い興奮が戻ってくる。

「そう呼んで」と満足げな笑みを浮かべた彼は、私の唇を塞いで、舌を絡め取った。

キスをしながら器用に自分の服を脱ぎ、私が羽織っていたジャケットも床に落とす。

色気を醸す唇と巧みな手つきで私の気持ちを高ぶらせつつも、なぜかベリーダンスの衣装は一向に脱がせようとしない。

これは自分で脱げということだろうかと、スカートの留め具に手をかけたら、大きな手に阻止された。

「良樹？」

「駄目。まだ脱がないで。最初はこのまま。その方が雰囲気が出るだろ？」

雰囲気とは、異国的という意味なのか……。

下着だけを脱がされて、そこを優しく刺激される。

そして、いよいよ彼が私の中に侵入しようとする気配を感じたら、その逞しい胸を押して抵抗してしまった。

良樹に抱かれることが嫌なわけではないし、むしろその時を待ちわびるように、私の中は潤っている。

それならなぜかと問われたら、緊張しているせいだろう。

「夕羽？」と彼が眉を寄せて、私を見下ろす。その顔に不安の色を感じて、私は慌てた。

「違う、そうじゃなくてね。ええと……こういうのが随分と久しぶりだから、私……」

モジモジと今さらながらに恥じらい、両足を閉じれば、すぐに彼の膝が割って入り、強引にこじ開けられた。

待ってという思いは、口に出さないうちに「待たないよ」と拒否される。

彼の胸を押していた両手は、手首を掴まれて外され、顔の横に押さえつけられた。

真面目な瞳に対し、彼の口元はニヤリと笑っていて、これ以上ないほどに顔を火照らせて目を泳がせる私に言い放つ。

「初めに言ったろ？　俺はもう限界なんだ。怖いなら、俺にしがみついていればいい。俺の女だという証を、早く夕羽の中に刻みたい」

低く響くいい声で男らしく求められたら、私の胸の高鳴りは最高潮に達する。

それと同時に熱く猛る彼の想いが私の中に入ってきて、「ああっ」と甘く呻いた。

快感がリズミカルに打ち寄せれば、スカートの飾りのコインがベリーダンスを踊った時のようにシャラシャラと音を立てる。

それからは緊張も少しの怖さも吹き飛んで、頭の中はふわふわと、まるで絨毯に乗って空を飛んでいるみたいに夢心地になった。

これぞ、アラビアンナイト……。

魔法にかけられたかのように素直に恋に落ちた私は、身も心も全てを彼に委ね、甘くとろけそうな旅の夜に浸っていた。

私は彼のヒーロー

中東への出張から十日ほどが過ぎ、夏の暑さが和らいできた九月の上旬。

スマホのアラーム音が聞こえて眠りの中から浮上した私は、寝ぼけた頭で今日は平日か休日かと考える。

ええと……金曜か。なんで土曜じゃないんだ。

出社のために起きねばならないが、瞼が重くて開けられず、意識が眠りに戻ろうとする。

すると隣でモゾモゾとなにかが動く気配がして、クスリと笑う声の後に頬にチュッとキスされた。

「夕羽ちゃん、おはよう」

「おふぁよ……」とうっすらと目を開ければ、良樹がふんわりと幸せそうな笑みを浮かべて私を見つめている。その上半身は裸だ。

「昨夜は激しくしてごめんね」

すまなそうな声色には聞こえないが、昨夜の情事は三回戦にまで突入し、声も出せないほどに私をぐったりさせたことを詫びる彼。

それから私の瞼を撫でるようにして、目を閉じさせた。裸の肩に毛布もかけてくれる。

「あと十五分寝てなよ。朝食は俺が作るから」

良樹が朝ご飯を？　作れるの？

まぁいいか。おやすみ……。

寝ていいと言われた私は、すぐに夢の中へ。

十五分はあっという間に経過して、二度目のアラーム音を聞き、今度はなんとか目を開けた。

ここは一階の良樹の寝室で、シックで格調高いホテルのような内装だ。

ベッドはクイーンサイズとふたりで寝るには充分で、彼の求めに応じ、私は基本的にここで寝起きしている。

眠い目をこすりながらベッドの下に落とされていたパジャマを拾って着て、寝室を出ると洗面所へ。

顔を洗ってもまだ頭はクリアにならず、さて味噌汁でも作ろうかと、あくびをしながらダイニングキッチンの扉を開ければ、コンロの前で悪戦苦闘している良樹がいた。

そこでやっと、彼が朝食を作ると宣言したことを思い出した。

「夕羽ちゃん、これ、食べられるかな……？」

「焦げてない部分を選べば、なんとか食べられる……かも」

彼が私のために初めて作ってくれたのは、目玉焼きとベーコンとキャベツの炒め物。

香ばしすぎて箸をつけるのがためらわれる代物が、フライパンの中で燻《くすぶ》っていた。

ちょっとしたレストランの厨房ほどはある広くて立派なキッチンスペースは、どうしたらここまで散らかせるのかと問いたくなる状況だ。

彼がコンロを使用することは滅多にない。

昼と夜は外食か豪華なセレブ弁当。朝食はシリアルやトーストと、自炊することは皆無に等しい生活を送ってきたそうだ。

お坊っちゃまだから、それは仕方ないだろう。

ちなみに掃除は週に二回業者が来るので、家事全般なにもできない男である。

そんな彼が、朝は和食を好む私に合わせて、無理して料理をしてくれたのは素直に嬉しい。どんなにひどい有様でも、心は温かく感謝の気持ちが湧いてくる。

「夕羽ちゃん、ごめん……」としょぼくれる大きな背中をぎゅっと抱きしめて、「ありがとう」とお礼を言う。

「良樹の気持ちが嬉しいよ。次はちゃんと起きるから、一緒に作ってみよう」と励ませば、一度腕を解かれて、真正面から強く抱きしめられた。

「夕羽ちゃんが大好きだ。どうしたらこの気持ちをわかってもらえる？　伝えきれないほどに愛してる！」

「うん。ものすごく伝わってるから、そのへんは大丈夫。早く支度しないと遅刻するよ。まずは食べようか」

帰国してからというもの、タガが外れたかのようにいつも情熱的に想いを表してくれる彼に対し、私はこんなふうに淡白な受け答えしかできずにいる。

だってね、照れるじゃない。

顔は熱く、胸はちゃんと高鳴っていても、恥ずかしがらずに『私も愛してるわ！』と抱き合えるほど、恋愛慣れしていないのだ。

申し訳ないが許してほしい。

愛情たっぷりの香ばしい朝食を取り、着替えにメイクと支度を終えると、時刻は八時四十分。

始業は九時と定められており、それは社長である良樹も基本的に同じである。

ただ彼の場合、その日のスケジュールに合わせて遅らせることも多々あるのだが、今朝は通常通りということで、お迎えの三門家の高級車に私を同乗させてくれた。

後部席の彼の右隣に座り、黒塗りの車がマンションの駐車場から動き出すや否や、私のスマホが震えた。

ショルダーバッグから取り出して確認すると、それはもっくんからのメールの着信で、こんな文面であった。

【朝っぱらからごめんな。明後日の日曜のさゆりちゃんのコンサート、仕事で行けなくなっちまって。夕羽ちゃん代わりに行かないかい？　チケットはタダであげるよ】

もっくんは、石川さゆりのファンクラブに入っている。

大ファンのはずなのに、仕事とは気の毒に。

七十を過ぎても現役でバリバリと働いているのは素晴らしいと思うけど、コンサートに行けないほどに忙しいと言われたら、体は大丈夫だろうかと心配になる。

チケットはありがたくもらい受けることにして、体調を気遣う文章とともに、その旨を返信する。

すると【ピンピンしてるよ。ありがとな】というホッとする返事がきて、チケットは明日、私がもっくんの自宅まで取りに行くことで話が決まった。

メールを終え、「ありがたいことだね」と独り言を呟いて、しみじみと首を縦に振る。

私の中の一番は五木様だけど、石川さゆりもいいよね。

アラブの夜に、彼女の名曲『天城越え』を脳内再生させて以降、CDやDVDを絶賛買い付け中だ。

出勤途中の車内でニンマリすれば、左横から不満げな声がする。

「ひょっとして今のメール、またもっくん？」

「そうだよ。コンサートチケット、譲ってくれるんだって！」と声を弾ませてから、しまった！とハッとして、隣を見る。

横目でジロリと、私の手の中のスマホを睨みつけ、彼は明らかにやきもちを焼いている様子だ。

いまだにもっくんをライバル視する彼に少々呆れつつ、私はため息をついて弁解を始める。

「今回のコンサートは、もっくんと一緒に行くわけじゃないからね。まったく……どうしてそこまで目の敵にするんだよ。もっくんのこと、説明したよね？」

「夕羽ちゃんのは、説明になってない。年齢と見切れて顔のわからない写真しか情報がないし。名前すら教えてもらえない」

「名前？　えーと、鈴木《すずき》……なんだったかな」

不機嫌そうに口を尖らせる彼の求めに応じて、私はもっくんのフルネームを思い出そうと記憶を探る。

下の名前には〝もと〟が付いていた気がするけど、忘れてしまった。

スマホのアドレス帳の登録名も〝もっくん〟なので、確認しても意味がない。

親しい友人の名前を覚えていない自分にも呆れつつ、「忘れちゃった」と苦笑いしてごまかせば、良樹がプイと顔を背けた。

「嘘だ。俺に教えたくないだけだろ？　もう知らない。もっくんと仲良くコンサートに行けばいいよ」

あらら。完全に拗ねちゃったね。困った奴だ。

しかし、これも私の愛情を独り占めしたいという男心なら、可愛く思えて許してしまえる。

彼は私に背中の半分を見せ、代わり映えのしない都会の景色を眺めながら口を閉ざしている。

ふてくされる彼に、私は少々照れながら、普段は口に出せない想いを言葉にして伝えた。

「前は一番親しい男性は誰かと聞かれたら、もっくんを挙げたけど、今は違うよ。一番は良樹。いや、順番なんてつけられない。良樹を誰より身近に感じるし、特別に大切に思ってる。だって、私の恋人だから……」

言ってるそばから恥ずかしくなり、顔が熱くて言葉を続けられなくなる。

すると彼がゆっくりと振り向いて、その顔には嬉しそうな笑みが戻されていた。

瞳は甘く艶めいて、「キスしていい？」と顎をすくわれたが、「駄目でしょ」と冷静に答えて、きっぱりと拒否を示した。

なぜなら車は社屋の地下駐車場に止まっている。

出入口のガラス扉の真ん前に駐車させた運転手が、バックミラーでチラチラと私たちを確認しつつ、到着の声をかけていいものかと困った様子でいるからだ。

それでも良樹は強引に私に顔を近づけてきて、「こらっ！」とその肩を押して抵抗していたら、突然車のドアが外から開けられ驚いた。

彼の肩越しに見えたのは、今朝もクールビューティーな津出さんの顔。

ただし、眉間には深い皺が刻まれている。

「社長、おはようございます。今日もスケジュールは詰まっておりますので、早く降りて仕事をなさってください」

さすがにドアを開けられては私に迫る気をなくしたようで、良樹は舌打ちして降車する。

続いて私も降りたら、津出さんに冷たい視線を向けられた。

彼女は私たちの交際に反対しているわけではない。

一緒に暮らしていることがばれた日に言ってくれたように、スケジュールを調整して、私と彼が自宅で過ごせる時間が増えるようにと工夫してくれている。

それならばなぜ睨むのかといえば、一緒に車に乗って出勤したことに対してだろう。会社に着いてしまえば、彼は社長で私は派遣の末端社員。公私の区別はしっかりつけろと、言いたそうな雰囲気であった。

まったくもってその通りなので、次回からは乗せてあげると言われても、電車通勤しようと反省し、今は津出さんのご機嫌を取ってみる。

「津出さん、その素敵な指輪はもしかして、彼氏からのプレゼントですか?」

彼女の左手の薬指には、可愛らしい小粒のピンクダイヤをあしらった指輪がはめられている。それを指摘した途端、彼女は赤面して「え、ええ……」と動揺していた。

ニヤリと笑った良樹も「婚約指輪か?」と加勢すれば、無理して澄まし顔を作りつつ、彼女は目を逸らして否定した。

「誕生日プレゼントです。婚約指輪は私の好みに合うものにしたいから一緒に選びに行こうと彼が……。や、やだ、なに言わすんですか！　幸せ真っただ中にいるからって、私はおふたりのように社内でデレデレしたりしませんからね」

今日も安定のツンデレぶりを披露してくれた津出さんに、私の胸がキュンと音を立てた。

慣れてしまえば彼女は、とても可愛らしくて扱いやすい性格の女性だ。彼氏もきっと、そこに惚れたのだろうと思いつつ、真っ赤な顔の彼女を微笑ましく見守る。

彼女は良樹の背中を押すようにして、「さあ仕事ですよ！」と歩みを促す。

ガラス扉の内側へ足を踏み入れた彼は肩越しに振り向くと、私に声をかけた。

「夕羽ちゃん、二十時には帰るよ。夕食の支度、お願いしていい？」

「うん、ＯＫ。社長、今日も一日頑張ってね」

廊下を歩くふたりの姿が、エレベーターの方へ消えるまで見送っていたら、疑問が浮かんできた。

女性社員の中で、彼と仕事上の接触が多いのは間違いなく津出さんだ。

美しさに加えてツンデレという強力な武器を持つ彼女を、良樹は恋愛対象として意識したことが一度もないのだろうか……？

ふと湧いた疑問は、私に不安を与えることはなく、まぁいいかとトイレットペーパーのように流れて消えてしまう。

少なくとも私と再会してからの彼の目には、私しか映っていないはずで、今後もそれは変わらない気がする。

そう思うことができるのは、毎日惜しみなく愛情を見せてくれるからであり、安心を与えてくれる彼には感謝しなければならない。

私はどうだろうと考えて、車内でやきもちを焼かせたことを反省していた。

彼のような愛情表現が無理ならば、せめて妬かせないようにしなければ。

今後はもっくんの話題を出さないように気をつけようと思いつつ、私もガラス扉を開け、総務部に向かうべく廊下を歩き出した。


今日の私の仕事は可もなく不可もなく平和のうちに終了し、定時で帰宅してから四時間ほどが経過していた。

時計の針は、もうすぐ二十二時を指そうとしている。

一階のダイニングキッチンで、椅子に座ってテーブルに頬杖をつき、テレビのバラエティ番組を見ながら良樹の帰りを待っていた。

二十時に帰ると言った彼だが、なにか問題が発生したようで、遅くなるという内容のメールが一時間半ほど前に届いていた。

カレーライスを作ったけど、こんなに遅くなるなら、社内でデリバリーのものを食べればいいのにと、彼の空腹を心配する。

時計の針ばかり気にしてしまい、テレビの内容は頭に入ってこない。

まだかまだかと待ち続け、さらに三十分が経過して、やっと良樹が帰宅した。

「ただいま」とダイニングキッチンに現れた彼を見て、私はぎょっとする。

今朝は肌艶のいい健康そうな二十九歳に見えたのに、今は目の周りが落ち窪んで頬はこけ、三十歳くらい一気に老けたようだ。

いや、さすがにそれは言いすぎかもしれないが、やつれて見えるほどに疲れきっているのは確かであった。

慌てて立ち上がった私が、彼の頬を両手で挟んで「なにがあったの⁉　敵の襲来？」と心配すれば、少しだけ笑ってくれる。

百八十五センチ超えの長身で、私にもたれかかるように両腕を回して抱きつく彼は、結構重い。けれども、どれだけ体重をかけてもちゃんと支えるから、やつれた事情を話してほしいと思っていた。

「厄介な問題が発生してね――」と彼が聞かせてくれたのは、こんな話。

今、事業部では、新しいプロジェクトが進行中らしい。

それは水不足に苦しむとある発展途上国に、遠くの水源から地下にパイプを通して、水を引いてこようという大掛かりなもの。

慈善事業ではないため、当然収益も上げねばならないが、なにせあちらは資金がない。

かける経費は最小限に。それでいて確かな技術と製品を提供するために考え抜いて、あらゆる手を尽くした計画なのだそうだ。

プロジェクトはまだ紙面の段階だが、現地の地質調査などは終えていて、来年には工事に着手する予定であった。

しかし順調に進んでいるはずのプロジェクトが暗礁《あんしょう》に乗り上げたと、今日の夕方、社長である良樹の元に知らせが入った。特殊なネジの製造を依頼していた会社に、仕事を引き受けてもらえなかったというのだ。

私に抱きつきながら話す良樹は、深いため息をついた。あたかも深刻そうに。

しかしながら、私はそれがやつれるほどの一大事である意味を理解できず、「他のネジ会社に頼めば？」と軽く言ってしまう。

良樹は無言で私を放すと、ダイニングテーブルの端の椅子にどっかりと腰を下ろし、肘をついた右手で額を押さえている。

怒らせたかと気にする私は、隣の椅子に座り、横からその顔を覗き込んだ。

すると私の頭を撫で、体をこちらに向けてくれたので、どうやら私の発言で不機嫌になったわけではないようだ。

「他社には頼めない事情があって――」と彼は疲れた声で続きを話してくれる。

そのプロジェクトでどうしても使用したい特殊ネジは、一度締めると自然に緩むことのない構造をしていて、特許をその会社が取得している。向こう十年ほどは、独占的な製造と販売が続くらしい。

普通のネジを使用すれば、水を通すパイプラインの定期点検の頻度が上がり、こちらから出向けば高額な費用が後にも発生することになる。

修理も然りだ。現地の技術者を一人前に育てるのも金と時間がかかるため、なるべくアフターケアの頻度を下げ、かつ簡単にする必要があるそうだ。

そのためにはどうしても、その会社のネジを使いたいという説明であった。

ようやく彼の悩みの大枠は理解したけれど、私にはまだ納得できない部分がある。

派遣の分際で申し訳ないが、眉を寄せて意見させてもらう。

「金額的な問題で受注してもらえなかったの？　あんまり安値で押し切ろうとすれば、NOと言われるさ。小さな会社ほど利益を上げないと潰れてしまうよ」

こっちは天下の帝重工のグループ会社で、ネジ製作会社はおそらく町工場のような中小、もしくは零細企業だろう。

よく聞くような、弱い者いじめ的な買い叩きがあるのではないかと推測していた。するとやはり余計なことを言ってしまったようで、良樹がムッとした顔をする。けれども、すぐに眉間の皺を解いて、「違うよ」と静かな声で否定した。

「確かにプロジェクトの予算は最大限に抑えているけど、鈴木《すずき》ネジ製作所《せいさくしょ》にはそれ相応の値段を提示したつもりだよ。でも鈴木社長に、今は忙しくてこれ以上の仕事は受けられないと言われたそうだ。うちの担当者が食い下がったら、怒らせてしまったらしく……」

しつこく食い下がった事業部の担当者は相手社長に、『偉そうに。これだから大企業とは仕事したくねぇんだ』と言われたそうだ。そして帰社後、事業部の部長に連れられて青ざめながら、社長室まで謝罪に来たらしい。

買い叩きではないが、私のイメージした大企業の横柄さと、弱い者いじめという構図は、当たらずも遠からず、といった感じだろうか。

事業部の担当者も責任感からなんとか仕事を受けてもらおうと焦ったのかもしれないけど、やり方がまずかったようだね。どうしてもその特殊ネジが必要だというならなおのこと、腰を低くしてお願いしなければ。

それで良樹は、プロジェクトの計画から練り直すのか、それとも鈴木社長ともう少し交渉を続けるのかで、緊急会議を開き、帰宅時間が遅くなったという話であった。

彼が教えてくれたことはきっと、私が理解できるようにと、大雑把で簡単な部分だけなのだろう。実際はもっと多種の問題が複雑に絡み合っていると思われる。

顔色を悪くするほど悩んでいるようだから。

深いため息をついた彼を心配して、「どうするの？」と恐る恐る問えば、「とりあえずこのままにしておけないから、明日、俺が鈴木ネジ製作所に行って謝ってくる」と彼は真顔で答えた。そして席を立つ。

「夕食は？　カレーライスなんだけど」と声をかけたら、「ごめん」と謝られる。

「食欲なくて。明日の夕食に食べるから冷蔵庫に入れておいて」

それは別に構わない。体調不良の時のカレーはヘビーだ。無理して食べてさらに具合が悪くなっては困ってしまう。

「うん、わかった」と了承して私も立ち上がる。

出ていこうとしている彼を引き止め、「熱はないよね？」とその額に手を当てれば、フッと笑った彼にキスされた。

突然のキスはチュッと軽いもので、唇が離された途端に彼が顔を背けて咳き込んだ。

「え……私の息、臭い？　今日はまだ酒を飲んでないよ。あ、カレー臭か！」

口を押さえて傷つく私に、咳を治めた彼が「違うんだ、ごめん！」と慌てて否定する。

「俺、強いストレスを感じた日の夜になると、決まって咳き込むんだ。息苦しくて喘息の症状が出る。でも一時的なものだし、薬はあるから心配しないで」

心配するなと言われても、咳き込んでいる姿を目の当たりにすれば、私の顔は曇る。

小四のあの夏休み、彼は喘息治療の目的で空気のいい離島に滞在していた。そういえば、咳をしながら『今日は遊べない』と断られたことが何日かあった気もする。

一時的とはいえ、大人になっても苦しむ夜があるとは可哀想に。

少しも忙しくない私が、その苦しみを代わってあげられたらいいのに……。

今日は日本酒をひとりで楽しむ気になれず、零時過ぎに二階の私の部屋の、折りたたみ式ベッドに横になる。

咳き込んで私を起こしたくないからと良樹に言われ、今日は別々に寝ることになった。

半月ほど前までは、これが当たり前だったはずなのに、今は隣に温もりがないことを寂しく思う。

安物のこのマットレスは、こんなにも固かっただろうかと、寝づらさを感じていた。

寝返りを打ちながら気にするのは、彼のこと。

ちゃんと眠れているだろうか。苦しがっていないかな……。

そう考えていると目が冴《さ》えてしまう。

駄目だ。気になって眠れない……。

部屋を出た私は、足音を忍ばせて階段を下り、彼の寝室の前へ。

するとケホケホと咳が聞こえ、ドアに耳をつければ、ゴソゴソと身を起こしたような音と、シュッと吸入薬を吹きつけたような音も微かに聞き取れた。

やっぱり息苦しいんだ……。

心配でノックしてからドアを開ければ、ベッドランプの明かりのみの薄暗い寝室で、彼がベッドに座っていた。キョトンとした顔で、「どうした？」と問いかけてくる。

「良樹の隣じゃないと眠れない」

神妙な面持ちの私がドア前に立ち、小声で答えると、意外そうな目を向けられた。

「夕羽ちゃん、そんなに甘えん坊だった？」

そうではなく、離れて寝れば余計に心配で眠れないのだ。

けれども彼にも男としてのプライドがあるだろうから、私はその問いに無言で頷く。

すると嬉しそうに微笑んだ彼に、「わかったよ。おいで」と言ってもらえた。

広いベッドの彼の隣に潜り込む。

ベッドランプを消して彼も横になり、私の体に腕を回して引き寄せると、この無駄に大きな胸にすっぽりと顔を埋めてきた。

「その寝方、苦しくないの？」

「うん。柔らかくて、いい香りがして気持ちいい。この方がホッとして息も楽に吸える気がする。夕羽ちゃんの癒しの効果かな」

それはきっと、直前に吹きつけた吸入薬の効果でしょう……。

そうツッコミを入れるのは味気ないので、「それはよかった」と彼の頭を包むように抱きしめた。

「朝までこうして抱いてあげるから、ぐっすりおやすみ」

「……なんだ。俺を甘えさせるために来てくれたのか」

「ばれた？」とニヤリとすれば、彼もクスクスと笑う。

その声の振動がパジャマ生地を通して私の肌に伝わってきて、少しくすぐったい。

「俺の彼女は、昔も今も頼もしいな。ありがとう、夕羽……」

ため息交じりの言葉は尻切れに終わり、やがて寝息に変わる。

良樹の髪をゆっくりと撫でながら、声に出さずに語りかけた。

頼もしくなりたいけど、力不足でごめん。仕事に関しては、私はなにも助けてあげられないよ。

電球切れなら、脚立担いで飛んでいくんだけどね……。

翌日は土曜日。

『夕羽ちゃんのおかげでよく眠れた』と元気を取り戻した良樹は早朝に出勤して、それから数時間が経ち、時刻は十時を回ろうとしていた。

洗濯乾燥機にふたり分の洗濯物を入れて稼働させた私は、さて出かけるかと、ショルダーバッグを手に玄関に向かう。

これからもっくんと会う約束をしている。

それはもちろん、石川さゆりのコンサートチケットを受け取るためだ。

でも、良樹にはもっくんと会うことは教えていない。出がけの彼に『夕羽ちゃんの今日の予定は？』と問われて、『特にないよ』と嘘をついた。

それは彼を妬かせないためであるけれど、後ろめたい気持ちになり、彼を見送る際は胸がチクリと痛かった。

もっくんと私はただの演歌友達で、祖父と孫ほど年齢差があるというのに、なぜ背徳感に苛《さいな》まれないといけないんだ……。

なにも悪いことはしていないと自分に言い聞かせた私は、マンションを出て電車の駅へ向かう。

空に薄雲が広がっているおかげで今日の最高気温は二十五度予報と適温だ。雨も降らないそうで、絶好のレジャー日和と言えるかもしれない。

世間では休日を楽しむ人が多い中で、今日も一日仕事に追われるふたりは気の毒だ。

ふたりというのは、良樹ともっくんである。

チケットを受け取る場所は、もっくんの自宅でという話であったけれど、今朝方、場所の変更を告げるメールがあった。今日も仕事が忙しいということで、【悪いけど、俺の職場まで頼む】と、住所が添えられていた。

それは別に構わない。移動距離はむしろ自宅に出向くより近いし、タダでもらい受ける身としては、もっくんの都合に合わせたいと思う。

電車とバスで移動して、最寄りのバス停からはナビゲーションアプリを使用して、指定された住所へと徒歩で向かう。

二階建ての建物がひしめく住宅地は、昭和の雰囲気が漂う古い戸建の中に、新しいお洒落な外観の家がちらほらと見受けられた。

縦縞のビニールの庇《ひさし》がどこか懐かしい、こぢんまりとした食料品店の角で、私は一度立ち止まる。スマホのナビを確認してから、その角を直角に西へと曲がった。

この先を道沿いに五十メートルほど進めば、もっくんの職場にたどり着くはずだ。

金属加工の仕事をしていると、かなり前に聞いた覚えがあり、町工場のような建物を前方に探していた。

すると、それらしき建物を左手に見つける。

周囲にある普通の民家、四軒分ほどの敷地に、平屋の横長の工場がある。青いトタン屋根にクリーム色の外壁で、錆び具合がなかなかの年季を感じさせる。

左端に【事務所入口】と書かれたヨモギ色のドアがあり、建物の前は砂利の敷かれた駐車スペース。そこには軽トラックが二台と白い乗用車が二台、停められていた。

車の後ろの工場の壁にはシャッターがついていて、二枚のうち一枚が開放されて、工場内から金属を削っているような甲高い音が外まで聞こえていた。

もっくんは工場内にいるのだろうかと、二台並んだ軽トラックに近づき、その間から奥を覗いてみる。

金属加工用の機械が所狭しと並んでいて、鼠《ねずみ》色の作業着姿の男性が数人いるようだ。

シャッターの上には看板があり、【鈴木ネジ製作所】と書かれたそれを見て、私ははたと考え込む。

その社名をどこかで聞いたような……？

腕組みをした私が首を傾げたら、金属の加工音が途切れて、トラックの後ろで話し声がすることに気づく。男性ふたりのものと思われる声には聞き覚えがあり、私の注意は彼らの会話に引きつけられた。

「鈴木社長、どうか話だけでも聞いていただけないでしょうか？　お願いします」

「三門さんの謝罪は受け取るけど、できんもんはできん。こっちも手一杯で、これ以上の仕事は受けられんのですよ。俺も年だし、従業員はたったの十人だ。倒れちまう」

あれ、あれれれ？

これは一体どういうことだろう。

ここは鈴木ネジ製作所で、もっくんの名字と同じだ。どうやら私の演歌友達はただの従業員ではなく、社長らしい。知らなかった。

いや、そんなことよりも、この声は紛れもなく良樹ともっくんのもの。

この軽トラックの裏側には、そんなまさかの状況が……!?

驚きのあまり目と鼻と口を全開にして固まる私は、二台のトラックの前に突っ立ったまま、すぐには動けない。

工場内からは再び作業音が鳴り始め、消されそうになるふたりの会話に耳を凝らしていた。

昨日、事業部の社員が失礼な対応をしたことは、良樹が謝罪に来たことで許してもらえたようだけど、彼が話だけでも聞いてほしいと繰り返し頼んでも、もっくんは門前払いのようにそれをはねつけている。

そんな平行線の会話が三往復ほど続いて、もっくんの声に徐々に苛立ちが増すのを感じた。

「いくら頼まれても無理だから。もう帰ってください!」ともっくんが声を荒らげたところで、私はやっと驚きから回復し、二台の軽トラックの隙間を通り、恐る恐るふ

かい合っている。
紺色のスーツ姿の良樹と作業着姿のもっくんは、一メートルほどの距離を置いて向かい合っている。

「あの……」と声をかければ、振り向いた良樹はぎょっとした顔をして、もっくんは「ああ夕羽ちゃん、いらっしゃい。呼び出して悪かったな」と怒り顔から一転、笑顔になり、私を歓迎してくれた。

「ちょっと待ってな。今、チケット取ってくるから」と歩き出そうとしているもっくんを引き止め、私は隣に並ぶ。

唖然としている良樹と向かい合い、揃えた指先をもっくんに向け、真面目な顔をして彼を紹介した。

「えー、遅くなりましたが、こちらが鈴木もっくんです。良樹がやきもちを焼きまくっていた、私の大切な演歌友達です」

「……まじか」

良樹はそう呟いてから、高級スーツの両膝を砂利の地面に落とし、両手もついてガックリとうなだれている。

次に驚くのはもっくんの番で、八割白髪の眉を上げて、「夕羽ちゃんと帝重工の社長さんは知り合いなのか？」と私たちを見比べていた。

頭をかいて照れながら、「うん。私の恋人」と言えば仰天されたが、もっくんは急にワハハと笑い出し、四つん這いの姿勢で動けずにいる良樹の肩をポンと叩いた。

「夕羽ちゃんの手前、このまま帰すわけにはいかねぇな。三門さん、事務所でお茶でも飲みましょうか」


それから一時間ほど経ち、私は黒塗りの高級車の後部席に、良樹と並んで座っている。

運転手付きのこの車を近くの有料駐車場に待機させていたらしく、笑顔のもっくんに見送られてネジ工場を出た彼が電話をかければ、すぐに迎えに来てくれた。

座り心地のよい革張りシートに深く背を預け、石川さゆりのコンサートチケットを眺めてニヤニヤする私は上機嫌だ。明日の十四時開演のコンサートが楽しみで、名曲『津軽海峡冬景色《つがるかいきょうふゆげしき》』をハミングしてしまう。

すると左隣で良樹が、恨みがましい声で話しかけてきた。

「なんでもっと早くに、鈴木元茂《もとしげ》社長を紹介してくれないんだ」

鼻歌をやめた私が隣を見れば、疲れ顔のイケメンが頬を膨らませて拗ねている。

喘息症状が出るほど悩んだ昨日はなんだったのかと言いたくなる気持ちはわかるが、私だってまさか、良樹を困らせている相手がもっくんだとは知らなかったのだ。

そこは仕方ないことだと許してもらいたく、「仕事を受けてもらえたんだし、まぁいいじゃない。結果オーライってことで」と彼の文句を笑って受け流していた。

あの後、私たちを事務所に入れてくれたもっくんは、まずは私たちの馴れ初めを聞きたがった。

子供の頃の思い出と再会、それからアラブ出張のことなどをかいつまんで私が説明したら、楽しそうに笑ってくれて、それから急に良樹を見る目が柔らかくなったように感じた。

そこからは良樹が話す番で、発展途上国に水のパイプラインを通すというプロジェクトを熱っぽく語れば、もっくんは興味を示して協力したいと言ってくれた。

そうはいっても、今、あちこちから特殊ネジの発注が来て、手一杯な状況は変わらない。

そこでもっくんは、今年の三月で退職した元従業員ふたりに電話をかけてくれた。

その人たちはもっくんより年上のおじいさんらしいけど、『帝重工の仕事だけだというなら、もう一丁頑張ってみるか』と痛む腰を上げてくれるそうで、ありがたい話であった。

聞けば、特殊ネジは誰もが簡単に作れるものではなく、熟練した職人技が必要なのだとか。だから工場の規模を拡大して大量生産とはいかず、『俺が動けるうちに、もっと若い技術者を育てにゃならん』と、もっくんは困り顔で話してくれた。

今度はそれに協力したいと言ったのは良樹で、帝重工の資金力をもって、技術者を育てるという育成プロジェクトを立ち上げる話に発展した。

大企業と町工場の相互の協力関係……いいね、素敵じゃないか。

良樹ともっくんの仕事がうまくいき、私の手の中には明日のコンサートチケットがある。

図らずもふたりが対面したことで、今後、良樹がもっくんに対してやきもちを焼くことはないだろうし、万事が丸く収まり万々歳だ。

「よかった、よかった」と独り言を呟いて、今夜の酒はうまそうだと考えていた。

昨夜のカレーライスじゃつまみにはならないから、なにか買って帰ろうか。

良樹は私をマンションまで送ってから帰社する予定でいる。

マンションではなく、近くの食料品店で降ろしてほしいと頼もうとしたら、「夕羽ちゃん！」と急にテンションを上げた彼に抱きつかれた。

「わっ」と声をあげた私の頬に彼の唇が当たる。耳と鼻と、唇にもキスの雨を降らされて、顔を火照らせる私は、「こらこら、車内でなにを――」とたしなめる。

その言葉を遮り、「ありがとう」とため息交じりに言った彼は、私の横髪に鼻先を埋めて、さらに強く抱きしめた。

「夕羽ちゃんが来てくれてよかった。助かったよ……」

心底ホッとしたような声でお礼を言われ、私は目を瞬かせる。

そっか。私が良樹を助けたんだ……。

昨夜は、眠りについた彼を抱きしめながら、仕事面でなんの力にもなれないと悔しく思っていたけれど、今日の私はヒーローみたいだ。

彼氏のピンチにさっと駆けつけるとは、なんてかっこいい女だろう。

ただし、それは偶然の賜物《たまもの》であり、私の力じゃないから威張れないけどね。

スーツの大きな背中をポンポンと叩いてやって、「今日は早く帰れる?」と問えば、「夕方には」と残念そうな返事が私のうなじにかかる。

「本音は今すぐ帰りたい。やっぱり、帰ろうかな……」と言い出す彼の肩と胸を押すようにして体を離し、その顔を見つめて笑顔で叱った。

「ちゃんとやることやってから帰ってきて。その方が、心置きなくふたりの時間を楽しめるよ。庶民的なつまみを作って待ってるから」

するとすぐ離したばかりの距離が、すぐにゼロに戻される。潰されそうな力で抱きしめられて、「愛してる！」と耳元で叫ばれた。

唇が重なってすぐにキスは深くなり、胸をまさぐられて……。

まずい。良樹の欲情に火をつけてしまった。

運転手さんもいるし、車外からも見えてしまうと焦っていたら、クリアだった後部席の窓ガラスがスモークガラスに変化して、運転席と後部席の間に仕切りがウィーンと下りてきた。

へぇ、高級車はスイッチひとつで、そんなことができるのか。

でも、なんのために……？

運転手のおじさんの気遣いに、余計な恥ずかしさを覚えながらも、彼の日一日と膨らむ重たい私への愛情を、しっかりと受け止めていた。

十月も半ばに入り、もっくんのネジ工場に行った日からひと月が過ぎていた。

腕時計で時間を確認すると、十時四十分。

台車にコピー用紙や文具の箱を積み上げて、私は今、各部署に備品を補充して回っているところだ。

これは月に一度の庶務の仕事で、デスクワークよりは性に合うから好きな業務であったはずなのに……なんだろう、このやりづらさは。

五階の事業部のフロアで、コピー機の横の棚に各サイズのコピー用紙を詰め込んでいたら、私の周囲に十五人ほどが群がった。「浜野さん」とあちこちから笑顔で呼びかけられて、手を動かしつつ「はい、こんにちは」と答えるのに忙しい。

事業部に来る前に、ふたつの部署を回ってきたのだが、そこでも大体似たような状況に見舞われていた。

最近の私は人気者で、トイレに行こうと廊下を歩いている時も、社食で日替わり定食を食べている時も、『浜野さんだ！』と皆が喜び勇んで寄ってくる。

私が社長の恋人で、同棲中だという噂はあっという間に広まって、最早社内で知らない人はいないのではなかろうか。

そのせいで注目度が急上昇し、芸能人でもないのに人が集まってくるのだ。

それは社長へのごますりであったり、私に取り入ろうとする狙いではなく、もっと純粋な興味のようだ。

美人でも優秀でもお嬢様でもない私が、どうして三門家の御曹司に見初められて、どんな交際をしているのかと、そこが気になって仕方ないみたい。

他の部署でもそうだったように、私を囲う人たちが矢継ぎ早に質問をぶつけてくる。

「ちょっと聞いてもいいかな。社長になんて言われて交際が始まったの？」と単刀直入に切り込んできたのは、おじさん社員。

「あ、私もそれを知りたいです！　どんなシチュエーションかも教えてください」とすかさず関連項目の質問を追加したのは、若い女子社員だ。

「シチュエーションと言われても……」と困り顔になりながらも、私は真面目に正直に、少々ごまかしつつ返事をする。

「引越しの夜、自宅で普通に飲んでただけです。告白の言葉もたぶん普通ですよ。酔ってたからよく覚えてないんですけどね。ほい、コピー用紙の補充はお終い。次は文具を……」

コピー機のそばを離れ、別の壁際に置かれたスチール書棚の引き戸を開けた。ボールペンやクリアファイル、ステープラーの替え芯やクリップなどの残量を確かめ、定量になるように補充していく。

私が動けば十五人もぞろぞろとついてきて、囲み取材はまだ終わらない。

「おふたりは、なんと呼び合ってるんですか？」

「普通に下の名前ですよ」

「行ってきますとただいまのチューとかも、しちゃうんですか？」

「いやいや、そんなアメリカンなことはしないです。朝はバタバタしてるし、夜は『お帰り。一杯どう？』って感じです」

興奮気味な質問に淡々と答えつつ、庶務の単純な仕事を完遂《かんすい》した私は、「よし、補充完了」と大きな独り言を口にして立ち上がった。

さあ、逃げ出そう。

そう思ったのだが、出口への道には若い女子社員が立ち塞がっていて、その子がなぜか私に腕を絡ませてくる。

綿菓子みたいなふわふわとした雰囲気の彼女は、男なら即ハートを射抜かれそうな極上スマイルを浮かべて、私を誘惑しようとする。

「浜野さん、あちらの応接ソファで少し休憩なさってください。今、お茶をお出しします」

「へ？　いえいえ、お気遣いなく。といいますか、私は客じゃありませんし、皆さんが働いている時に呑気にお茶を飲んでいては――」

「ほんの十分くらい平気ですよ」と可愛い顔して強引な彼女は、「ね、部長？」と同意を求めるように肩越しに振り返った。

つられて私も後ろを見れば、そこには小太りで背の低い、定年間近の事業部の部長が立っている。

『この質問攻め軍団の中に、部長まで交ざっていたのかい！』とツッコミそうになったら、朗らかな笑顔の部長が「茶菓子もあるよ」とスーツのポケットから、栗もなかを取り出して私にくれた。

どうしよう。もう、なにから指摘していいのかわからない……。

それで代わりに心の中で、良樹に文句をつけることにする。

君が社内でもニコニコするようになってからというもの、規律が乱れてるよ。

これではいけない。鬼の仮面を被り直して、業務中の私語厳禁に戻しておくれ。

結局、応接ソファに座らされ、栗もなかを食べながら、お茶を飲む羽目になる。十五分ほどしてやっと解放してもらい、質問に答えるのに疲れた私はおもむろに立ち上がる。

台車を押して、重たい足取りで事業部を出ていけば、ドア前で見送る社員たちからエールが送られた。

「帝の女御《にょうご》様、頑張ってください！」

「派遣のシンデレラのまたのお越しを、事業部一同、首を長くしてお待ちしております！」

おかしなあだ名までつけられて、さらに気力が削られる。

女御様とは、平安時代の最高権力者の奥さんのことだろうか？　私はまだ独身なんですけど。

シンデレラも、私のキャラとは大違い。

意地悪な継母に、お前はひたすら掃除をしてろと命じられても、五木様のコンサートだけは行くだろうし、晩酌もする。カボチャは馬車にするのではなく、酒のつまみに天ぷらにして食べたいし、ガラスの靴なんか履いてたら、漁に出られない。

やめておけばいいのに、ついつい口に出さずに反論して、自分で疲労感を増幅させせてしまった。

足元に向けて小さくため息をついた後は、気持ちを立て直そうと前を向き、台車を押す手に力を込める。

まぁね、みんなが私たちの交際を温かい目で見てくれて、シンデレラストーリーを期待してくれる気持ちはありがたく受け取るよ。

この会社の社員は、いい人ばかりだ。

それでも正直なところ、結婚という二文字が、それこそおとぎ話のように聞こえて、現実的な響きを感じない。

良樹と別れるつもりはないけれど、彼の妻になるという未来が想像できなかった。

それはなぜだろう……。

自宅で笑い合っている時の彼は、一番身近に感じる存在なのに、こうして社長の恋人だからと私まで持てはやされては、背中がむず痒《がゆ》くて仕方ない。

私と彼の背景にあるものの違いを、かえって感じてしまうんだよね……。

台車を押して五階の廊下を進み、エレベーターに向かう。

次の階でもきっと、ちやほやされて質問攻めに遭うのだろうと、二度目のため息をついたら、廊下の角を曲がったところでバッタリと良樹に出くわした。

いや、バッタリではない。

「夕羽ちゃん、捜してたんだ！」とキラキラした目で言われて、手首を掴まれる。

先ほど、鬼の仮面を被り直せと思ったばかりだったので、「社長、私は浜野です」と、社内での呼び名を真顔で指摘したら、不思議そうな目で見られた。

「なに言ってんの？　夕羽ちゃんの名字は子供の頃から知ってるよ。そんなことより、いいニュースがあるんだ！」

私が注意していることに気づかない彼は、ワクワク顔で、そのいいニュースとやらを話し出す。

今日は昼から外勤で、経済界の重鎮と会食予定だったが、先方の都合で急にキャンセルになり、スケジュールに三時間ほどの空白ができたそうだ。それで「一緒にランチができるよ！」とのことだった。

きっと良樹は会食のキャンセルの知らせを受けた後、総務部に電話したのだろう。けれども私は備品の補充に回っていて連絡がつかなかった。戻り次第、折り返させると言われても、それを待ちきれずに、私を捜すべく社長室を飛び出したに違いない。

もし彼に尻尾《しっぽ》があったなら、ちぎれんばかりに振っていそうな気がする。

私のことが好きすぎて、一緒のランチごときに浮かれる彼が可愛らしく、胸がキュンと音を立てた。

各部署の囲み取材で削られた気力は回復し、「うん、わかった」と彼に笑顔を向けた。

「じゃあ、急いで備品の補充に回ってくるよ。今は……十一時だね。一時間後に昼休みに入れるから、社長室で待っててね」

私としては、社食か近辺の食事処でのランチを想像し、昼休み時間の変更も考えていない。

社長の恋人とはいえ、ただの派遣社員。その分はわきまえているつもりでいた。

それなのに良樹は「違うよ。今から昼休み。もう総務部長には話をつけてあるから大丈夫」と言って、私から台車を奪い取る。そして通りすがりの他部署の男性社員に、それを押しつけた。

「これを備品保管庫に戻しておいてくれないか。急いでいてね。すまないが、よろしく頼む」

突然台車を預けられたその人は驚いていたが、社長に頼まれて嫌と言えるはずがなく、「わかりました」と一礼すると、台車を押して歩き去った。

「まだ全部署を回ってないのに！」という私の訴えは「明日やればいいよ」とサラリ

と流されて、手を引っ張られるようにして廊下を走らされる。

「そんなに急いでどこに行くつもり?」と問えば、「美味しい蕎麦《そば》屋」と振り向かずに言われた。

「夕羽ちゃん、この前、蕎麦が食べたいと言ってたろ。急げば行って帰ってこれる」

その言い方に、私は走りながら目を瞬かせる。

三時間も空き時間があるのに、急がなくてはならない蕎麦屋とは、まさか……。

それから十五分後、私は「そんなことだろうと思った……」と呟いていた。

その声は、エンジン音とプロペラが風を切る爆音に消されて、隣の良樹まで届かない。

ここは上空八百メートルほどで、私は良樹所有のパイロット付きヘリコプターに乗せられている。

社屋を飛び出し、車に乗せられ、着いた場所は最寄りのヘリポートだった。

蕎麦屋は都内にいくらでもあるというのに、『蕎麦といえば信州だよな』と言われて、長野《ながの》にある有名店に向かっているのだ。

急いでいる理由はやはり、本場まで行こうとしているためかと納得する私には、少しの驚きもない。プライベートジェットで台湾に小籠包を食べに連れていかれた時に比べたら、長野は近所にも思えた。

　良樹の富豪ぶりにはもう慣れたと思いつつ、景色を眺めているその横顔を見つめれば、私の視線に気づいてこっちを向いてくれた。

　私たちは、防音と会話のためのヘッドセットを装着している。口元の小型マイクに向け、彼が大きめの声で私に話しかけた。

「夕羽ちゃん、アレが俺の実家だよ」

「え、どれ？」と窓の下を覗き込むようにして、彼が指差す方向を見たが、この上空からだと家々は点状の集合体で、見つけられるわけがない。

　駅や高速道路、東京タワーや木々の茂る大きな庭園などは判別できるけど、アレと言われてもね……。

「ふーん」と聞き流して、彼の実家への興味をすぐに失う。

　いや、あえて考えないようにしていた。

　実家という言葉を聞けば、以前親に紹介すると良樹に言われたことを思い出してしまう。

　事業部の社員につけられた〝派遣のシンデレラ〟という変なあだ名とともに、〝結婚〟という言葉が勝手に浮かんできたが、それを無理やり頭の隅に追いやった。

非現実的なおとぎ話に心を揺らしていたら、今の楽しい時間がもったいない。

東京を出ようとしている眼下の景色を興味深く眺め、空中散歩を楽しむことだけに意識を集中させていた。


蕎麦を食べるためだけに、東京と長野をヘリで往復した日から数日が過ぎた日曜日。

私と良樹はダイニングテーブルに向かい合って、遅めの朝ご飯を食べている。

皿には焦げていないハムエッグと、火の通し具合が上等な野菜炒めがのっていて、これらは彼が作った料理だ。

炊きたてのご飯と、自分で作った味噌汁、それと良樹の手料理を順に口に運びつつ、やればできるじゃないかと、彼の成長を実感していた。

生まれながらのお坊ちゃまでも、これくらいの料理は作れないとね。

庶民の私と交際しているのだから。

セレブな生活に私が一方的に合わせるだけだと、対等に付き合っている気がしない。

私の中にある庶民感覚を理解して、休日の朝ご飯くらいは、それに合わせてもらっても、バチは当たらないだろう。

先に食べ終えた私が「ご馳走様。美味しかった」と重ねた食器を手に席を立てば、完食までもう少しの彼に「夕羽ちゃん、今日は一日俺に付き合ってね」と声をかけられる。

キッチンへと歩き出していた足を止め、私は首を傾げて振り返る。

「なにか約束してたっけ？　今日は氷川《ひかわ》きよしの新曲発売日だから、CDを買いに行こうと思ってたんだけど」

そう答えたら、「今日は空けておいてと、だいぶ前に言ったじゃないか」と非難された。

けれども、その声も表情も不満げなものではなく、むしろ機嫌がよさそうに感じられる。

「悪いけど、CDは明日買いに行って。今日は俺の誕生日だから、祝ってもらわないと」

ニッコリと微笑んだ彼にそう告げられ、驚き慌てた私の手の中で食器がぶつかり合った。

「ごめん！　誕生日を今知った。どうしよう、準備しないと。プレゼントは一緒に買いに行こうか。悪いけど、二万円までの物で頼みます。料理は……昨日、鮭一匹が実家から送られてきたから、刺身と鍋でいいかな?」

良樹と付き合うまで何年も恋人がいなかった私なので、誕生日というイベントを失念していた。

とはいえ、世間一般の恋人たちが、お互いの誕生日を祝い合うものだということは、かろうじて知っている。急ごしらえではあるけれど、私も彼女としてなにかしなければと、精一杯考えを巡らせていた。

そうだ。柄にもなく花なんか買って、部屋を飾りつけようか。大きなクラッカーも購入して、サプライズ的にパンと一発ぶちかますというのはどうだろう。

生歌も披露してあげる。

バースデーソングの演歌といえば、やっぱりアレかな。千昌夫《せんまさお》の『還暦祝《かんれきいわ》い唄《うた》』。

キッチンの食器洗浄機に、水で軽くすすいだ皿や茶碗を入れながら、頭の中を忙しくさせていたら、「ご馳走様」と遅れて食べ終えた良樹が、食器を手に私の隣に立った。

同じように食器を片付けつつ、「誕生日パーティーの準備なら、心配いらないよ」と、のほほんとした顔で言う。

「そうはいかないよ!」と声を大きくした私は、「できる限りのお祝いを全力でさせてもらう。これでも一応、恋人だから」と力を込めて反論した。

するとチラリと横目で見られ、「一応じゃなく、紛うことなき恋人だよ」とたしなめられる。それから付け足すように、わけのわからないことを真顔で言われた。

「けど確かに、対外的には曖昧な関係かもしれないな。そろそろ、それを正式なものにしないと。その意味で今日のパーティーは、もってこいの場になるだろう」

食洗機を稼働させた彼は、キョトンとしている私を見てクスリと笑う。

頭をよしよしと撫でながら、誕生会の準備の心配はいらないと言った理由について、私がわかるように説明してくれた。

「俺の誕生日パーティーは、知り合いを大勢呼んで、実家でやるんだ。毎年の恒例行事のようなものだよ。今回は三十歳の節目だから、いつもよりいくらか盛大にするらしい」

ああ、なるほど……と私は頷く。

三門家の御曹司の誕生会を、庶民の物差しで測って悪かった。

思い出していたのは、テレビのバラエティ番組で放送していた、とある社長令嬢のホームパーティーの様子だ。

自宅の広いリビングに、同じようにセレブな友人たちが三十人ほど集まって、フレンチのシェフや寿司職人を呼んで料理を作らせていた。余興にプロのミュージシャンも登場するという、なんとも豪華なホームパーティーで、良樹の誕生会もああいう感じなのだろうかと想像し、それなら私はどうやって祝えばいいのかと困ってしまった。

その問題を率直にぶつければ、彼が腰を落として私と目の高さを合わせ、瞳を艶めかせる。

「夕羽ちゃんは俺のそばにいてくれるだけでいいけど、どうしてもなにかしたいというなら、キスをしてもらおうか」

そんな甘い気遣いを見せられたら、私の頬は熱くなり、鼓動は二割増しで高鳴る。

少々照れつつ、「そんなんでいいの?」と彼の肩に両手をかけて顔を傾けたら、唇が触れる前に「そうだ、もうひとつあった」と追加注文をされた。

「パーティーでは、俺の恋人としてのスピーチもよろしく」

「え、スピーチ……?」

それが酢漬けの桃でないことは知っているけど、私の中のスピーチとは、卒業式の送辞や答辞、結婚式の祝辞など、型にはまったものだ。恋人としてのスピーチをしろとは、随分と難しいことを言う。

顔の距離五センチで「うーん」と唸れば、「簡単で短いものでいいから」とニコリと優しく微笑まれ、直後に唇を奪われた。

良樹とはもう何度も唇を合わせているというのに、今も新鮮な喜びと甘さを与えられ、芯からとろけそうになる。

ごまかされた気もしなくはないけど、『まぁ、なんとかなるさ』と思わされ、スピーチに対する不安は、綿菓子のようにすぐに溶けてなくなった。


朝食後はのんびりしている暇はなく、良樹に渡された服に着替えをする。

体にぴったりフィットするラベンダー色のドレスは、スカートの膝から下がふわりと広がるマーメイドラインになっている。オフショルダーで、胸元の大胆な開き具合が少々気になるところだが、上にレースのショールを羽織れば気分は落ち着いた。

首に下げるのは、これも彼に与えられたネックレスで大粒のダイヤが眩しく、耳にもデザインを合わせた金のイヤリングをつけている。

人生で一番華やかな装いをさせられた私は、それから敷居の高そうなヘアサロンに連れていかれ、ショートボブの黒髪をお洒落に女性らしく整えられて、プロの手によってメイクも施された。

鏡に映る華やかな自分を見て、「誰……？」と戸惑っていたら、私をヘアサロンに預けて一度帰宅していた良樹がスーツ姿で戻ってきた。

「なんて素敵なんだ。今日のパーティーでは、夕羽ちゃんが間違いなく一番の美女だ。みんなに早くお披露目したいけど、もったいない気もする。複雑な心境にさせられるよ」

そう褒めてくれた彼は、椅子に座っている私に手を差し出す。

それに掴まり立ち上がった私は、『そういう君もめかし込んだね』と、彼の頭から爪先までを見て思っていた。

紺と濃紺の太い縦縞のスーツを着て、アスコットタイとポケットチーフは光沢のある水色だ。職場では決して着ることのないお洒落スーツは、いつもとは異なる彼の魅力を引き出してくれていた。

長身でスタイルのいい美青年だからこそ、このスーツを着こなせるのだろう。

普通の容姿の男性が着れば、縦縞がパジャマにも見えそうで、絶対に真似してはいけない気がした。

私のヘアメイクも当然の如《ごと》く彼の支払いで、誕生日にお金を使わせて申し訳なく思う。

けれども、私を恋人として友人たちに引き合わせようとしているのだから、高級な装いが必要なのだろうとも思い、甘んじてセレブのふりをすることを心に誓った。

それはもちろん、彼に恥をかかせないためだ。

ヘアサロンを出ると、いつもの黒塗りの高級車ではなく、白いリムジンが路肩に待機していた。

たったふたりなのに、これに乗っていくのか……。

いつにも増した富豪ぶりに感心し、運転手が開けてくれたドアから乗車しようとしたら、後ろから若い女性の声が聞こえた。

「わ、すごいね。なにかのイベントかな？」

「これから結婚式のカップルじゃない？　彼氏、素敵でいいな」

見ず知らずの通行人女性の会話に、『よく見て。ウェディングドレスじゃないよ』と心の中で間違いを指摘する。

良樹は彼女たちの言葉にクスリと笑っていて、私の後に乗り込みながら、「結婚式にしては随分と質素だな」と声に出して否定していた。

リムジンの中はテーブルを囲むコの字型のソファがあり、座り心地の抜群なシートに並んで座る。車内とは思えない豪華な造りで、ホテルのロビーにある応接セットをコンパクトにまとめたような内装だ。

「これが質素なんだ……」と半ば呆れる私の気持ちは、彼には理解できないみたい。

軽く頷いてから、「一生に一度のウェディングは、思い出に残るものにしないと」とニコリと微笑んだ。

「ね？」と少年っぽい可愛い笑顔で同意を求められても、そんなに先のことに対しては、返事のしようがない。

今の時点で良樹は私の花嫁姿を思い描いているのかもしれないけど、私たちの関係がこのまま続くのかは未知数だ。

結婚か……。

私にはやはり、現実味のない言葉に聞こえる。

それは私たちの背負っているものに、あまりにも違いがあるせいだろう。

それでも私は、別れを恐れて不安になったりしないよ。

誰にもわからない先のことに怯えて、笑えなくなるのは嫌だ。

だから遠すぎる未来については、考えたくない。

私が気にするのは、せいぜい半年後までのスケジュールで、そして三カ月後には五木様のコンサートがまたあるから、チケットはすでに予約済みである。

心に染みる演歌と、美味しい日本酒。それと愛し合える恋人がいる今を楽しめばいいじゃない。

そう思い、良樹の問いかけは作り笑顔でスルーする。

話題を変えるために、「このボタン、なに？」と目の前のテーブルの下にあるスイッチパネルのボタンを乱れ打ちする。

そうしたら、椅子やテーブル、天井や窓がウインウイーンと一斉に音を立て、私の思惑通りに彼が慌てていた。


それから十五分ほどリムジンで走れば、三門家の正門にたどり着く。

良樹の金持ちぶりにはすっかり慣れたと思っていたが、それを今、撤回する。

ここが実家なの⁉　地価がべらぼうに高い東京二十三区内だというのに、門から家が見えないんですけど……。

石と鉄製の重厚な正門がリムジンの前に立ちはだかっていて、それが開かれると、二名の警備員が私たちに向けて頭を下げた。

門の内側に車はゆっくりと進み、車窓を流れる広大な和風庭園に、思わずため息が漏れる。

苔《こけ》むした庭石に囲まれた大きな池があり、奥には茶室と思しき小さな日本家屋が見える。松や紅葉などの木々が美しく配されており、趣深く洗練されて、完全無欠な日本の美がここにあった。

そういえば……と思い出したのは、数日前のヘリコプターに乗せられた時のことだ。

『アレが俺の実家だよ』と良樹が指をさした時、いくら金持ちの家でも民家は点にしか見えないよと思ったが、緑なす広大な庭園は判別できていた。

あまりの広さに、公共的なものであるはずだと思い込んでいたが、まさか三門家の敷地だったなんて……。

今さらながらに驚きつつ、左右に庭園を眺めて、緩やかにうねる舗装路を徐行で進む。

数分も走ってから、ようやく良樹が「母屋が見えてきた」と指差した。

松の木立の向こうには、純和風の立派な平屋の屋敷が見える。

高級旅館のような佇まいの建物は荘厳で、庶民を寄せつけない威圧感を覚える。

そういえば……と再び心に思う。

実家でパーティーと言われた時にすぐに気づくべきだったが、もしや彼の両親も参加するのだろうか……？

心構えのないままに、彼の両親とご対面するのは勘弁してほしい。

「誕生会は母屋でするの？」と恐る恐る尋ねれば、「違うよ」と言ってもらえる。

よかった。それなら、友人のみの集まりということでいいんだよね……たぶん。

私が緊張を解いたら、リムジンは母屋の前を通り過ぎ、裏手へと進む。

そこにも和風の屋敷が数棟と、お宝が眠っていそうな白塗りの外壁の蔵があるが、車はそれらを通り越してまだ奥へと走る。

三門家の敷地はどこまで続くのかと、驚きの波が引かない中で、景色は急に和から洋へと変わった。

芝生の美しいフランス風の庭園の奥に建っているのは……城？

建築様式などはわからないが、子供の頃にテレビアニメで見たような、中世ヨーロッパ風の建物が目に映る。

二階建ての白い石造りで、近づくにつれて壁や柱に施された彫刻の見事さがよくわかる。二階のアーチ型のバルコニーは、今にもマリーアントワネットが現れそうな雰囲気であった。

車窓の景色に唖然とする私が、「宮殿……」と独り言を呟けば、隣で良樹が「俺の家の迎賓館だよ」と教えてくれる。

その口振りはまるで『そこは俺んちの物置だよ』と庶民が言うような感じで、ものすごくあっさりとしたものだった。

ここは彼が生まれ育った場所で、この景色は見慣れたもの。

認識を改めようと思う。

彼は富豪ではなく、大富豪なのかもしれない。

そう思うと同時に、あれ？となにかを間違えていることに気づきかける。

誕生会は、この迎賓館で行うようだ。

ここへ来る前に私がイメージしていたのは、彼の友人が三十人ほど集まってのセレブなホームパーティーで、自宅のリビングにシェフを呼んで料理を作らせたり、余興にミュージシャンを招く贅沢なもの。それは私にとってはハイクラスな誕生会に違いないけれど、三門家の御曹司には豪華さが不足していた。

ねぇ……招待客の規模って、どれくらい？　友人だけじゃなく、もしや仕事関係の偉い人たちや、親族も参加するんじゃないよね？

彼の両親との対面を心配するより、さらに大事になる気がするんだけど……。

恐ろしくて質問できないまま、私はリムジンを降りて、迎賓館に足を踏み入れた。

館内も宮殿のような豪華さで、玄関ホールは吹き抜けで天井はドーム型。天窓からは明るい日差しが降り注ぎ、白大理石の床が輝いている。二階へと続く幅の広い階段には赤絨毯が敷かれ、壁には絵画や彫刻が飾られて美術館のようにも見えた。

彼にエスコートされる私が、最初に連れていかれたのは、ウェイティングルームと英語で書かれた玄関ホールに近い部屋だ。

会場は一階の大ホールを使用するらしいけど、パーティーの開始まであと二十分ほどあるので、早めに到着した招待客はここで待つみたい。

良樹も客と同じ行動でいいのかと問えば、「俺は主役だけど、主催者じゃないからね」と笑顔で説明を返される。

「準備は両親に任せてるから、開始までどこにいようと自由だ。今日は夕羽ちゃんと一緒だし、俺もこの部屋で待つことにするよ」

主催者は良樹の両親だと聞かされ、緊張を新たにする私がウェイティングルームに入ったら、「すごい……」と今日何度目かの同じ感想を呟いた。

学校の体育館ほどもありそうな空間に、豪華なソファセットがいくつも並び、美しい裏庭の見える窓際には、カウンターテーブルと椅子が連なる。

そこに華やかな装いの女性や、スーツ姿の男性が大勢いて、あちこちで小集団を作り談笑していた。

その数は三百人ほどいそうな気がして目を丸くしていたら、「ウェイティングルームは他にも二カ所ある。今日の招待客は八百人ほどいるからね。ここだけじゃ間に合わない」と彼に言われて、また驚いた。

これは誕生会を名目にした、セレブたちの社交の場なのだと察する。

三十人の友人とのホームパーティーを想像していた私は、彼の規格外な富豪ぶりを理解できていなかったということみたい……。

室内を奥に向けて足を進めると、黒服の男性給仕が銀のトレーにシャンパングラスをのせて、私たちに近づいてきた。そのウェルカムドリンクを良樹が受け取って、私に渡してくれる。

アルコールが入れば少しは緊張が解けるかもしれないと期待して、それを一気に飲み干せば、気を緩めるどころか、さらに鼓動を波打たせる事態となった。

「良樹！」と彼の名を呼んで歩み寄る友人らしき青年がいて、その声に反応したのか、周囲で談笑していた他の招待客もこちらに振り向く。

たちまち二十人ほどのセレブ男女に囲まれて、誕生会の開始前から、私の戦いが始まってしまった。

皆が良樹に誕生日のお祝いの言葉をかけて、握手を交わす。その後はやはりと言うべきか、「お連れの女性はどなたですか？」と興味が私に集中した。

私の名前と、良樹の会社で働いていることを彼が説明し、それから「恋人です」とはっきりと告げれば、周囲がどよめいた。

「良樹が恋人を紹介してくれるとは、嬉しい驚きだよ」と最初に声をかけてきた友人男性は喜んでくれたけど、渋い顔をしている人もいた。

「恋人ということは、まだその先まではお決めになられていないということですか？」と結婚の意思を探ろうとしている中年男性がいたり、品のよい笑顔で敵意のこもる視線をぶつけてくる若い女性もいた。

「失礼ですが、浜野さんのご両親はどちらにお勤めでしょう？　良樹さんの選ばれたお相手ですもの、素晴らしいお家柄なのでしょうね」

縦巻きの長い髪をひとつに結わえ、赤いドレスを着た、いかにもお嬢様的なこの人は、もしや良樹の妻の座を狙っているのかな……？

私にぞっこんな彼だから今までライバルの心配をしてこなかったけど、三門家の御曹司で、しかもイケメンとくれば、女性が寄ってこないはずがないよね……。

彼女の強い目力に気圧されそうになりつつも、質問に答えようと口を開いたが、「父は、ぎょ――」と言ったところで、迷いが生じて言葉を続けられなくなってしまった。

どうしよう。

離島の漁協に所属している一介の漁師だと、言ってもいいのだろうか？

漁師は常に危険と隣り合わせで仕事をしている。命懸けの海で船を操り、自分の腕だけで勝負する父を私は尊敬しているけど、ここにいる人たちはなんとなく、第一次産業従事者を見下しそう。

私だけなら馬鹿にされても構わないが、良樹まで笑われるのは嫌なので、なんと答えればいいのかわからない。

『ぎょ』で止まった私に訝しげな視線が注がれる中、答えを求めて隣をチラリと見遣れば、良樹が任せろと言うようにニッと笑い、代わりに答えてくれた。

「漁業関係の会社ですよ。我々が新鮮な海の幸を食せるのは、浜野さんのお力があってのこと。世界経済が停滞する昨今において、販路を大幅に拡大していらっしゃいます。荒波を乗り越えることのできる経営力は素晴らしく、私も見習いたいと思っています」

余裕の笑みで平然と切り返した彼に、私は唖然としていた。

おいおい。随分と話を盛ってくれたね。

確かに父が獲った魚がセレブたちの口に入ることもあるだろうけど、そんな言い方をされたら、まるで流通を掌握《しょうあく》している水産会社の社長だと思われるよ。

それに、販路の拡大って、なに？　もしかして、漁協がウニのインターネット通販を始めたことについてなの？

前に良樹が出張先からウニを手土産に帰ってきた時、『うちの地元のウニも、お取り寄せできるよ』と私が言ったことを覚えていたのだろうか。

荒波を乗り越えるという表現についても、経済の波という比喩《ひゆ》ではなく、本物の大海原の波だよと、ツッコミを入れたくなる。

嘘とまでは言えないが、かなり誤解を与えそうな言い方をされて私は冷や汗をかき、ライバル視してくるお嬢様は唇を噛みしめている。

悔しがる必要はまったくないよ、と慰めたくなったが、彼女は自力でダメージを回復したようで、これならどうよとばかりに強気な笑顔で質問を重ねてきた。

「浜野さんはどのようなご趣味がおありですの？　私は絵画収集と乗馬とスキューバダイビングを嗜《たしな》んでおります。もしご興味がありましたら、ぜひご一緒に」

ご一緒する気はないが、趣味の話ならばセレブと比べられても遜色ないと判断して、私は普通に答えようとする。

「演歌と日本酒を——」

愛していると皆まで言わないうちに、良樹がすかさずフォローに入ってきた。

「彼女は学生時代に日本文化を研究していました。それを生かして今も国内外に、日本の伝統文化や食について発信し続けているんです。先々月に中東への出張に同行してもらった時には、彼女のおかげで有意義な文化交流を果たすことができました」

少しも焦らず、堂々と言い放った良樹に、私は開いた口が塞がらない。

演歌や日本酒に関して私は、少しばかり人より詳しいと思うけど、日本文化の研究とは、随分と大きなことを言ってくれる。

国内外への発信って、なに？　もしかして、【五木様の『よこはま・たそがれ』最高！】とか【純米大吟醸、十五代がうまい！】とSNSに書き込んだことについて言っているのだろうか。

アラブではベリーダンスを踊り、王子も喜んでくれたけど、あれが有意義な文化交流なの？

言葉が口をついて出てこないけど、『ちょっと待ってよ』と心の中で彼に訴える。

そんな言い方をされたら、まるで私が立派な文化人のように思われてしまうじゃない……。

案の定、周りを囲う人たちが、私に敬意を表して握手を求めてきたり、「素晴らしい！　さすがは三門さんに選ばれたお嬢さんだ」と褒め称える。

集団の中には、青い目をした外国人の青年もいて、私と握手しながら英語で話しかけてきた。アラブ出張で私がさも活躍したように説明されたため、英語くらいは当然話せると思われてしまったようだ。

どうしよう、さっぱりわからない。良樹の彼女のスキルとして、英語力は必須なのかも。明日から、英会話教室に通おうかな……。

会話するだけでこれほどまでに困らされるとは、セレブの集団は恐ろしい。

あらゆる面での能力不足に急に恥ずかしくなり、顔を火照らせた私は俯いた。

青い目の青年は、私の右手を両手で握って握手しながら、まだペラペラと話しかけてくる。

すると彼の手を良樹が外し、少々声を低くして、日本語で注意を与えた。

「ミスターブラウン、彼女はとても恥ずかしがり屋で、そのように手を握られると、なにも答えられなくなってしまうのです。どうかご理解ください」

「オー、ソーリー！」と両手を顔の横に上げた彼は、好意的な目を私に向けて、「オクユカシイ女性、日本的でタイヘン美しいデス」とイントネーションの少々おかしい日本語で私を褒めてくれた。

「あ、ありがとうございます……」

なんだろう、緊張だけではない、この居心地の悪さは。

私のイメージが、いい方へ勝手に作り上げられていく。

それというのも良樹の誤解を与えるフォローのせいで……。

ライバルお嬢様は負けを認めたのか、肩を落として集団から離れていき、男性たちには女性の理想像を見るような目を向けられた。

終いには良樹の友人男性が、「良樹より早く、俺が夕羽さんに出会っていたなら……」と、なぜか私の胸元に視線を止めて羨ましがるから、騙していることに罪悪感を覚えてしまう。

うずうずして背中が痒くなり、『全ては勘違いだ！』と暴露したくなる。

辛抱たまらず良樹のスーツの袖を引っ張って「ギブ」と限界がきたことを小声で伝えれば、彼が私の腰に腕を回した。

「皆さん、私たちはこれで一旦失礼します。他の控室にも挨拶に行かないと。パーティー会場で、またゆっくりと話しましょう」

そう言って集団に背を向け、私をドアの外へと連れ出してくれた。

その後は別のウェイティングルームへ入るのではなく、私は彼を長い廊下の奥にある飾り柱の陰まで引っ張っていき、声を潜めて文句を言う。

「あんなこと言われたら困るよ。そりゃ、良樹に恥をかかさないように礼儀正しく大人しくしていようと思うけど、嘘はいけない。みんな私がどこぞのお嬢様だと信じちゃったじゃないか」

するとと良樹は柱に背を預けてズボンのポケットに片手を入れ、余裕のポーズで笑った。

「みんなが勝手な解釈をしただけで、嘘をついてはいないよ」

「そうかもしれないけど、ものには言い方が——」と反論しようとした私の頭にポンと手を置き、彼は「大丈夫」と言葉を遮る。

「心配しないで。夕羽は俺が守る」

男らしく頼もしい声と、キリッとした美々しい顔。形のよい唇の隙間に白い歯がキラリと輝いている。

思わず胸を弾ませかけた私だが、『いやいや、かっこつけられても、そうじゃないんだよ』と、解決していない問題にすぐに意識が戻された。

頭にのせられた大きな手を退けて、「次からは勘違いさせるような言い方はやめてね」と真顔で頼んだら、彼はなにかを考えるように視線を壁の絵画に向ける。

そして数秒黙ってから、「わかったよ」と微笑んだ。

「そうだね。夕羽ちゃんがどんな女性なのかを、俺の両親には包み隠さず話そうと思う。ごまかしたところで、生まれ育ちから全てを調べ上げるだろうし、意味はない」

「え……私、調査されるの？」

「ああ、変な意味に取らないで。俺の両親は物わかりの悪い堅物じゃない。きっと夕羽ちゃんを俺のパートナーとして認めてくれるはずだ」

良樹の表情に力みや緊張はなく、親に私を紹介するという一大事を、まるで夕食の献立の相談をしているかのように平然と話す。

一方、私の背には冷や汗が流れ、怖気づく思いでいた。

家賃なしで彼の家に住まわせてもらい、あれこれと高価な品を買い与えてもらっている身としては、『お世話になっております』と挨拶した方がいいとは思う。けれども彼の言うように、恋人としてすんなり認めてもらえるとは、どうしても思えない。

頭に浮かんだのは、私と良樹が再会した日に社長室に呼ばれた時の会話。

涙するほどに再会を喜ぶ彼を疑問に思っていたら、私が海難事故で亡くなったと、子供の頃に母親から聞かされたと言われたのだ。

それはおそらくあの夏の私が、良樹の勉強を邪魔して遊びに連れ出していたことが原因で、私を追い払うのに苦労していた執事のおじさんから、害虫だと聞かされたための嘘であろう。

彼の母親の中で私は、恋人どころか、友人失格の烙印《らくいん》を押されているも同然なのだ。顔を合わせたなら、うちの子に近づくなと、言われる気がしてならない。

やめた方がいいという願いを込めて、「本当に私を紹介する気なの……?」と問いかければ、キョトンとして目を瞬かせる彼に「当たり前じゃないか」と諭される。

「どうしても……?」

「どうしても。夕羽ちゃんを大切に思っているからこそだよ。恋人としてのスピーチは、パーティーの終わり頃に頼むね。まずは俺の両親に引き合わせてからでないと、驚かせてしまう」

段取りを説明され、私の顔はさらに強張る。

そうだった。スピーチの不安もあったんだ。

友人三十人の前でなら、多少のミスをしても笑ってごまかせる気がするけど、招待客八百人と両親の前で私に挨拶させようとは……良樹は鬼かドSか、それともただの怖いもの知らずの無邪気な坊ちゃんなのか。

ラベンダー色のドレスに冷や汗が染み込んでいくのを感じていたら、彼が柱の陰から顔を覗かせ、ウェイティングルーム前の廊下の様子を確かめていた。

「あ、川島《かわしま》テクニカルの会長だ。俺、ちょっと声をかけてくる。この前、仕事でお世話になったばかりなんだ。夕羽ちゃんは会場に向かって。もう開いてるはずだから」

そう言うや否や、彼は足早に私から離れ、私はひとり、飾り柱の陰に取り残される。

顔だけ出して彼の背中を目で追えば、廊下の人波に紛れて、すぐに判別できなくなった。

先ほどより廊下に人が多いのは、誕生会が開かれる大ホールの扉が開いて、移動が始まったからであろう。

私も会場に向かうように指示されたけど……やなこった。

ホールのある方に背を向けた私は、廊下を逆行して突き当たりを曲がり、この先になにがあるのかわからないまま奥へと足を進める。

心の中には、なぜ前もって教えてくれないのかと、彼への非難の気持ちが込み上げていた。

誕生日を知らされたのが今朝で、なんの心構えもないのに、騙し討ちのように大仰なパーティーに参加させるとはひどいじゃないか。

まぁ、悪意があってのことではなく、彼にとってこれは年中行事であり、普通の範《はん》疇《ちゅう》なのだから仕方ないのかもしれないけど……。

批判しているつもりが、いつの間にか気持ちは擁護に回り、彼の笑顔を思い浮かべれば、逃げ出そうとしていることに罪悪感を覚えてしまった。

宮殿のように豪奢な廊下の真ん中で足を止め、悩み始める。

参加しなければ、誕生日を祝う気がないみたいだよね……。

決してそうではないけど、セレブ集団の中に放り込まれた庶民の困惑は、良樹にはわかりにくいものだろうから、私が愛していないと勘違いさせては可哀想。

どうしよう……。

私が嫌なことは避け、かつ誕生会に参加する術はないかと、廊下に佇み、真剣に考える。

歩いてきた方からは賑やかな声が聞こえるが、前方は無人である。

と思ったら、数メートル先のシンプルな白いドアが開いて、若い女性が廊下に現れた。

彼女は紺色のワンピースに、白いエプロンとカチューシャをつけたメイド風の格好をしている。

そういえば、ウェイティングルームで給仕していた従業員の中にも、同じ姿の女性が数人いたように思う。

この迎賓館では、男性は中世ヨーロッパの執事みたいな黒服で、女性はメイド服という、クラシカルな仕事着を採用しているようだ。

メイド服の彼女は私に気づくと一礼し、脇をすり抜けて足早に去っていった。

周囲にまた人影がなくなると、私は彼女が出てきたドアに歩み寄り、そこに付けられているプレートを読む。

スタッフオンリー……そうだ、これだ！

閃いたのは、客ではなく従業員としての参加であった。

セレブのふりをして良樹の隣に立つのは、心苦しいので、これ以上は無理だ。ボロを出して、彼に恥をかかせる結果になるのも目に見えている。

でもこれなら、嘘のない庶民的な私のままで、彼の誕生日を祝えると思ったのだ。

白いドアをそっと開けると、中はバックヤードの廊下に繋がっていて、奥の方では従業員たちが忙しそうに行き来している様子が見えた。

付近には誰もおらず、私の侵入には気づかれていない。

すぐ近くには女子更衣室と書かれたドアがあり、私は次にその部屋に忍び込む。

広さ八畳ほどの狭い更衣室内は幸いにも無人で、よくあるグレーのロッカーが壁際にズラリと並んでいた。

奥にはクリーニングから戻ってきたと思われるメイド服が、透明なビニールを被ってハンガーラックに十数着かけられている。

その中の私の体型でも着られそうなものを選んで拝借し、急いで着替えをしたら、胸元はキツイけれど気持ちは緩むのを感じた。

肩が凝る高価なドレスより、汚してもよさそうなメイド服の方が着心地がいい。

ホッとした後は、『さて、働こう』と気合いを入れる。

良樹への誕生日プレゼントは、ホール係としての労働だ。

汗水垂らして、精一杯のお祝いをさせてもらいます！


それから三十分ほどが経ち、料理や飲み物を運んだり食器を下げたりと、私は忙しく会場内とバックヤードを往復していた。

他のホールスタッフには、誰だろうという目を向けられたけど、新人のふりをして『ご指導よろしくお願いします』と笑顔で挨拶したら、追及されることはなかった。

八百人の客を相手にするスタッフの人数も相当多いので、ひとり増えたくらいでは気づかれず、なにも問題なく働いている。

先ほど招待客数名の祝辞が終わったところで、乾杯した後は、セレブたちが自由にホール内を動き回る。

豪奢な宮殿風のホール内には、白いテーブルクロスをかけた長テーブルが三列に伸びていて、大皿に盛られたご馳走が所狭しと並べられていた。

立食形式のパーティーとなっているため、客たちは料理を楽しみつつ立ち話に興じ、私は銀のトレーを片手に食べ終えた食器を下げたり、リクエストされた飲み物を届けたりと、汗を流していた。

ホールの中ほどにいる、ひとりの男性客にウイスキーのグラスを届けたら、すぐに次の客に「ちょっとあなた」と呼び止められる。

「白ワインを持ってきて。できればブルゴーニュ産のものがいいわ」

そう言ったのは赤いドレスを着た若い女性で、ウェイティングルームで私をライバル視していた、あのお嬢様だ。

「はい」と返事をしつつも、ばれたかと緊張を走らせた私であったが、不思議なことに彼女は眉を微かに寄せて「なによ？　早く持ってきて」と言っただけで私に興味を失い、隣の中年女性との会話に戻る。

気づかれなかったことに胸を撫で下ろし、白ワインを取りにバックヤードに引き揚げながら、セレブたちの先入観について考えていた。

ウェイティングルームで良樹の友人知人に囲まれた時、私は水産会社の社長令嬢でお淑《しと》やかな文化人だと勘違いされた。

それは、良樹のフォローの仕方がおかしかったせいだけど、まさか三門家の御曹司の恋人が、ど庶民のはずはないという、思い込みのせいもあるのではないだろうか。

セレブ的なドレスを纏い、大粒ダイヤのアクセサリーを身につけていたことも原因かもしれない。

そして今の私の隣には良樹の姿はなく、メイド服を着ていれば招待客のはずはないとみなされて、話しかけられても正体がばれなかったということのようだ。

それならばコソコソする必要は少しもないと理解した私は、さらに気を楽にして、産地不明の白ワインのグラスを赤いドレスのお嬢様に届ける。

「へい、お待ち」

まったく気づかれることなく彼女から離れた後は、演歌をハミングしつつ、ドレスやスーツ姿の客の間を縫って歩き、空いた皿を集めて回る。

そうしていたら、メイド服のポケットに入れているスマホが震えた。

実はさっきから、スマホは何度もしつこく着信を告げているのだが、忙しくて取り出せずにいる。

私に電話してきているのはきっと、パーティー開始からまだ顔を合わせていない良樹だろう。

主役の彼はすぐに大勢の人に囲まれ、交流に忙しそうなので、会場でその姿を見つけても、私からは話しかけないでいた。

彼の両親に紹介されては勘弁、という気持ちもある。

けれどもスマホのバイブ音は鳴りやまず、私を捜し回っていては気の毒なので、そろそろ電話に出ようと思う。

皿を積んだ重たいトレーを片手に会場の壁際に寄り、スマホを耳に当てれば、《夕羽ちゃん、どこにいるの⁉》と慌てたような良樹の声がした。私が答えないうちに、《俺が放っといたから怒ったの？　ごめんね！》と続けて謝られる。

「怒ってないよ。落ち着いて。放っておかれたとも思ってないし、こっちはこっちで忙しく楽しんでるから、気にしないで」

《忙しく楽しい……？　え、会場内にいないの？》

「いるよ。良樹のすぐ近くに」

周囲を見回しながらスマホを耳に当て、こっちに近づいてくるイケメンがいた。

彼は私からわずか二メートルの位置で足を止め、なおもキョロキョロと会場内に視線を配っている。その目に私は映っているはずなのに、《どこ⁉》と視線は流されて、彼はその場でクルクルと回り出した。

その滑稽《こっけい》な姿に、私は目を瞬かせてから、ゆっくりと頷く。

先ほどは、セレブは思い込みの強いところがあると理解したが、今目の前で慌てている良樹も、どうやらそのうちに含まれるようだ。

怪しまれずにメイドになりきって働けるのは好都合だけど、半年ほど一緒に暮らしている身としては、若干のショックでもある。

「だから、ここだって……」と呆れ、数歩進み出て真正面に立ったら、やっと私を認識した彼は目玉が飛び出しそうなほどに盛大に驚き、絶句している。

その顔が面白くて吹き出せば、ひとりの男性客が私たちの間に割って入る。

私のトレーに飲み残したワイングラスを置き、「お嬢さん、次は日本酒をくださ い」とにこやかに要求するから、私はまだ驚きの中にいる良樹を放置して、バックヤードへと引き返さざるを得なかった。

酒と契りと女の覚悟

良樹の誕生日から三日が過ぎた水曜日。

外は夕方から降り出した秋雨で気温が下がっているけれど、このリッチなマンションはどの部屋も年中快適で寒さ知らず。

冬になっても、こたつに火を入れる日は来ないのではないだろうかと、二階の私の部屋にあるこたつテーブルに向かって呑気に考える。

目の前にあるのは日本酒を満たした湯飲み茶碗で、一日の労働の疲れを酒に癒してもらいながら、演歌番組の録画を楽しむこの時間がものすごく好きだ。

隣に話し相手がいてくれたら、もっと楽しめるのに、良樹はまだかな……。

時刻は二十二時になるところで、パジャマ姿の私の洗い晒した髪はまだ少し濡れている。

良樹が告げた帰宅予定時刻は少し過ぎていて、夜の冷たい雨に打たれて髪を濡らして帰るのではないかと心配した。

けれども、その直後に心配を解く。

黒塗り高級車で送迎される彼だから、濡れるはずがないと気づいたためだ。

今日はどこかの社長さんとの会食で、『お土産はなにがいい？』と今朝、出勤前に聞かれた。

なにもいらないと答えたけど、良樹は手ぶらで帰らない男だ。

さて、晩酌のつまみとなるのはなんだろうと思いつつ、酢昆布をかじっては、酒をちびちびと口にする。

その時、廊下に足音がして、「夕羽ちゃん、ただいま！」という明るい声とともに、ドアの開けられる音がした。

「お帰……わっ！」

スーツ姿で駆け寄った彼が、背中から強く私を抱きしめる。

おっと、危ない。酒がこぼれるところだった。

私に頬ずりしながら、「会いたかった」と、まるで久しぶりの再会のように吐息交じりに良樹は囁く。

そして、会食が終わって帰ろうとしたら、相手方の社長に『もう一軒行きましょう』としつこく誘われて、十五分も損したと不満げな声で愚痴をこぼした。

「十五分くらい、大したことないじゃん」と答えれば、「それだけあれば、夕羽ちゃんを抱きしめて、キスして、おっぱいを触れるよ！」と力強い声で反論された。

うん、今やってるよね。

頬にチュッチュと唇が当たってるし、後ろから抱きしめられて、遠慮なく胸を揉まれてる。

「まぁ落ち着いて、乾杯しよう」と体に回された腕を冷静に解き、彼を隣に座らせた。

良樹の湯飲み茶碗に日本酒を注いで「お疲れ」とカチンと合わせてから、「それはお土産？」と床に置かれている紙袋を指差した。

「うん、カニシュウマイ。料亭のものだから美味しいよ」と彼が袋から出して、テーブルに置いてくれた。

お礼を言って「上品な味がする」と、まだ微かに温かさの残るシュウマイを食べつつ、「で？　なにか嫌なことがあったんでしょ？」と問いかけた。

良樹が過剰に甘えてくる場合は大抵、仕事上で面白くない展開に陥っている。

もっくんの時のように、奇跡的に私が問題を解決することは二度とないだろうけど、話ぐらいは聞いてあげられる。

すると良樹は伊達眼鏡を外してテーブルに置き、今にも泣きそうに顔を曇らせるから、これはただ事ではないと察して、緊張が走った。

「な、なんの問題を抱えてるのかな？　他言できない話なら、無理しなくてもいいけど、目を潤ませるほどに大変なのかどうかは、教えてほしいな……」

恐る恐る問いかければ、良樹はあぐらをかいた膝の上に深いため息を落とす。

それから俯いたままで、ボソボソと打ち明けた。

「急な出張が入ったんだ。二泊三日で九州に。土曜の昼過ぎまで帰れない。ふた晩も夕羽ちゃんを抱けないなんて……喘息発作が起きそうだ」

本気で心配して馬鹿を見たと呆れ、私は手酌で自分の湯飲み茶碗に酒を足す。

「そりゃつらいね。吸入薬持って行ってきな。ご苦労さん」と適当な返しをしてカニシュウマイをもうひとつ口に入れたら、頬を大きな両手で挟まれ、無理やり顔を彼の方に向けさせられる。

シュウマイが口から飛び出しそうになって慌てる私に、良樹は眉間に深い皺を刻み、「夕羽ちゃんも、俺と同じくらいに寂しがってよ！」と不満をぶつけてきた。

「どうしてそんなにドライでいられるんだ。俺は一日のうち、二十三時間四十五分は夕羽ちゃんのことを考えているのに。夕羽ちゃんは俺のこと、どれくらい想ってる？」

頬を潰されてはなにも答えられないが、三時間くらいだろうかと考えていた。

一日三時間、ひとりの男性のことで頭をいっぱいにすれば充分じゃないか。

ほぼ一日中、夢の中まで私を想う良樹の方がおかしいでしょう。

ほどほどにしてくれないと、いつか飽きられるのではないかと心配にもなる。

彼の手首を掴んで私の顔から外し、口の中のシュウマイを飲み込んでから「落ち着いて」と、今日二度目の注意をした。

彼に酒を飲むように勧め、私も注ぎ足したばかりの湯飲み茶碗を持って、一気に半分を喉に流し込む。

それから、少々の酔いと照れくささで顔を熱くして、「いやー、結構というか、私も良樹にかなり惚れてると思うんだけど……」と語り始めた。

「こうしてふたりでいるのは心地いいし楽しいよ。甘えん坊の良樹も、時々かっこつける良樹もどっちも好きだ。でもね、激しいギャップを感じて、ふと立ち止まって考える時がある。ああ、私とは全然違う人なんだ……ってね」

そのギャップを感じた時が、まさしくこの前の誕生会である。

スタッフに扮して働いていることを良樹にばらしてから、どうなったかというと、元のドレス姿にすぐに戻されることはなかった。

というより、彼が私に着替えてこいと、指示する暇もなかったのだ。

メイド服を着ている以上、私は招待客から次々と仕事を与えられるし、主役の良樹は私以上に話しかけられて周りを囲まれるから、あれ以降私たちがまともに会話する時間はなかった。

両親への紹介も、恋人としてのスピーチも見送られて、めでたく私の思惑通りとなり、誕生会は終了した。

帰宅は十九時頃で、ふたりでお茶漬けを食べながら、良樹にたっぷりと叱られた。

勝手な振る舞いについては一応謝ったけど、こちらからも文句をぶつける。

それは『いきなりすぎるでしょ！』という苦情だ。

ああいう場に不慣れな私を、前もっての説明もなく連れていくのはやめてほしい。

ましてや親への紹介や人前でのスピーチなんて、私にとっては見上げるほどにハードルが高く、逃げ出したくなって当然である。

やはりと言うべきか、良樹にとってあの誕生会はただの年中行事だから私の戸惑いや困惑を少しも理解していなくて、言われて初めて気づいたような顔をしていた。

大きな肩をシュンと落とし、『ごめん』と謝ってくれたけど、私はまだ心のどこかでヒヤヒヤしている。

彼の突拍子もない大富豪ぶりに、次に巻き込まれるのはいつだろう？と……。

良樹の世界を否定するつもりはないけれど、こんな私がセレブ生活に馴染めるとは、今は少しも思えないし、彼に似合う女になろうという覚悟も定まらない。

酔いが回ってきた頭で湯飲み茶碗に半分残る酒を飲み干して、本日三杯目を手酌した。

酢昆布をかじりながら頬杖をついて、横目でチラリと見れば、私とは全然違うと言われたことを気に病んでか、良樹は不安げな顔でこっちを見ていた。

捨て犬のような目で見つめられても、酔っているため、フォローの言葉は出てこない。口から漏れるのはため息と正直な気持ちで、演歌の流れるテレビ画面に向けて、独り言のように呟いた。

「良樹が大好きだよ。まさか恋仲になるとは、子供の頃には少しも思わなかったよね。でも、恋愛感情のないあの頃の方が、良樹とのギャップを感じずに済んだかな。今は好きなのに、違いすぎて、なんだかね……」

私のひとり語りに答えてくれるのは、画面の中で歌う天童《てんどう》よしみではなく、左隣に座る真面目な顔をした恋人だ。

私の左手に右手を被せて強く握りながら、「なんだかって……？」と深刻そうな声で話の続きを促してきた。

私の口からは、あくびがひとつ。

今夜は酔いが回るのがやけに早く、意識が急速に霞がかる。

テーブルの上に置いた右腕に頭をのせるようにして、かろうじて問いかけへの返事をした。

「異世界の人と付き合ってる気分で、困っちゃうな……」

目を閉じた私に、逞しい二本の腕が回されて、体がふわりと浮くのを感じた。

心地よい揺れの中、ベッドに運んでくれるのかと思い、全てを彼に委ねて、私はまさに眠りに落ちようとしている。

意識を完全に手放す前に聞いたのは、ため息交じりの切なげな声。

「そんな悲しいこと言うなよ。俺を夕羽と同じ世界にいさせて……」


翌日は曇り空の木曜日。

良樹は今朝、私の唇が腫れそうなほどにキスしてから出張先へと旅立ち、私はいつも通りに出社して、平和で退屈なデスクワークに勤しんでいる。

時刻は十時十五分で、パソコンのキーボードから手を離し、凝り固まった肩を自分の手で揉みほぐしていた。

すると内線電話が鳴り響き、私より早く隣の席の小山さんが受話器を取る。

彼女は「はい」と二度返事をした後に、私に受話器を差し出した。

「浜野さんに外線が入ってるそうだよ」

「ほ？　良樹……じゃなかった、社長から？」

離れて三時間ほどしか経っていないのに、もう寂しくなって電話をかけてきたのかと驚いていたが、「ううん、浜野さんのご家族から」と小山さんに言われる。

目を瞬かせた私が受話器を受け取り耳に当てると、彼女が電話機のボタンを押して、外線に繋いでくれた。

途端に聞き慣れた母の、大きな声がする。

《夕羽かい？　今度こそ夕羽なのかい？　携帯にかけても出ないし、会社にかけたら知らないおっさんに取り次ぎますと言われるし、こっちは急いでるんだ。さっさと出なさいよ！》

理不尽な文句が耳にキンと響いて思わず受話器を五センチほど離してしまったが、続けて言われた《父ちゃんが大変なんだよ！》という言葉で、事態は急に緊迫した。

私も母に負けない大声で、受話器に向けて問いかける。

「父ちゃんがどうしたの⁉　まさか倒れたの？」

《ああ、そうなんだよ》

「そりゃ大変だ！　救急車……は、うちの島になかった。診療所に連絡した？」

《してない。そうだ、医者だよ。父ちゃん、急いで診療所に電話して！》

そこで私は「ん？」と疑問に思い、緊張感が急に薄らいだ。

一刻を争う事態なのかと思ったが、そうでもないようだ。なにしろ倒れた本人に、連絡させようとしているくらいなのだから。

「母ちゃん、ちょっと深呼吸して落ち着こうか。父ちゃんはなにをして倒れたの？それで今はどんな状態？」

冷静さを取り戻した私が具体的な状況を聞き出そうとしても、慌てた母の説明はさっぱりわからない。

《アレした時に倒れて、今はこんな状態だよ。痛がってるから、とにかくあんたは今すぐに帰っておいで！》と叫ばれて、電話は一方的に切られてしまった。

ツーツーと電子音しか聞こえなくなった受話器を電話の本体に戻して、腕組みをした私は「うーん」と唸る。

今すぐに帰れと言われても、仕事があるし離島は遠い。

それになんとなく、母がひとりで慌てているだけで、大したことはないような気がする。

とりあえず診療所に行かせて、結果の報告を聞いてから帰省を検討してもいいのではないだろうか。

だいたい、私より弟の方がずっと近くにいるのに、なぜ私を呼ぼうとする。

十歳下の弟はまだ学生で、札幌《さっぽろ》の専門学校に通っている。

頼りがいのある奴ではないけれど、実家までの移動距離も時間も私の半分以下だ。

急を要するならなおのこと、先に弟を呼び出してほしい。

考えた結果、すぐには帰らなくてもいいだろうという結論に達し、伝票処理の続きに戻ろうとしたら、小山さんに声をかけられる。

「浜野さん、なんで仕事しようとしてるの？　お父さん、倒れたんでしょ？　すぐに帰らないと駄目だよ！」

顔を上げれば彼女だけではなく、総務の他の社員たちも心配そうな目を私に向けていた。

どうやら耳が痛くなるほど慌てた母の声は周囲に漏れていて、対応している私に注目が集まり、会話を聞かれていたようだ。

帰らせてくださいと私が言わなくても、課長が近づいてきて、休暇申請の用紙を渡してきた。

「浜野さんの実家は遠かったよね？　今日は早退で、明日は休みなさい。そうすれば土日を入れて四日帰れる。月曜も休むなら、電話を入れてくれればいいから」

「はぁ、ありがとうございます……」と用紙を受け取ってもまだ迷っていると、周囲から「早く、早く」と急き立てられる。

斜め向かいのデスクに座るのは、三十代後半の男性社員で、「俺は親の死に目に会えなくて今でも後悔してる」と深刻そうな顔で言われたら、私の焦りも復活した。

そうだよ、呑気に構えている場合じゃない。

うちの母は元から慌てん坊タイプだから、どうせ大したことはないのだろうと高を括ってしまったけど、本当に一大事だったらどうするんだ。

急げ、私。まだ息のあるうちに、父ちゃんに会わなければ！

そうして大急ぎで飛行機のフライト時間を調べてチケットを取り、退社した後は一度帰宅して荷物を慌ただしくまとめる。

良樹にメールしなければと思ったけど、充電が切れそうなため、それは後ですることにして、一応ダイニングテーブルに【ごめん。急だけど実家に帰る】とメモ書きを置いてから、タクシーで空港に向かった。

羽田《はねだ》から北海道の新千歳《しんちとせ》空港へ。さらに飛行機を乗り継ぎ、北海道の北端にある稚内《わっかない》空港に降りたら、そこからフェリーで離島までおよそ百分。

片道の交通費は六万円ほどで、スムーズな乗り継ぎでも羽田を発ってからの所要時間は六時間弱と、お金も時間もかなりかかる。

やっと離島の船着場に降り立った時にはとっぷり日が暮れて、時刻は十九時半になっていた。

港からほど近くの実家まで息を切らせて走って帰り、鍵のかかっていないドアを開けて、「ただいま!」と駆け込む。

「母ちゃん、父ちゃんの容態は……」

築四十一年、昭和レトロな家の居間に飛び込んだ私は、目にした光景に衝撃を受け、日焼けした絨毯に膝を落として両手をついた。

ニュースを流すテレビ前に布団が敷かれ、父が体を横たえている。

その手には日本酒を入れたビールジョッキが持たれ、炙ったスルメをつまみに晩酌しているのだ。

脱力しないわけにはいかない。

「おう、夕羽か。ご苦労だったな」と枕から首を持ち上げて私を見た父は、直後にするとと隣接する台所の暖簾《のれん》をかき分け、母が慌てて飛び出してきて、父の傍《かたわ》らに寄り添った。

「父ちゃん、大丈夫かい？　動いたら駄目だからね。医者にも、とにかく寝てたら、じきに治るって言われたろ。酒は夕羽に注がせて、安静にしてるんだよ」

心配そうな顔の母はそれから、四つん這いの姿勢でいる私に向けて「ご飯できてるよ。手を洗っておいで。うがいも忘れずにね」と普通の調子で言った。

それはまるで、部活から帰った子供に対しての言葉のように聞こえる。

総務の人たちの深刻そうなテンションにつられてしまったが、どうやら最初の私の推測が正しかったようだ。

父の容態は大したことはなく、慌てん坊の母が取り乱しただけ。

わかっていたことだと、ため息ひとつで諦めて、東京から駆けつけるに至る苦労は水に流して立ち上がった。

母に言われた通り、手洗いうがいをしてこたつテーブルに着くと、中には火が入れられて暖かい。

十月下旬の北の離島は、いつ雪が降ってもおかしくないほどに夜は冷え込む。

灯油ストーブは強火で部屋を暖めていて、私の背には母が綿入りの半纏《はんてん》をかけてくれた。

目の前には刺身の盛り合わせと、ほっけの塩焼き、ホタテの稚貝の味噌汁などの海の幸が並べられ、久しぶりの母の手料理に舌鼓《したつづみ》を打ちながら、「で？　父ちゃんになにがあって、そんなふうに寝てるのさ」と改めて問いかけた。

私の向かいで茶を啜《すす》り、煎餅《せんべい》をかじりつつ母が言うには、こんなことがあったようだ。

早朝三時からの漁から戻り、獲った魚の水揚げも終わらせて、父はいつものように十時前に自宅に帰ってきた。そして一杯やるかと、新しい日本酒の一升瓶を床下収納庫から取り出そうとした時に、腰をグキッと痛めたらしい。

つまりは、ぎっくり腰だ。

それを聞いた私は、普段から大漁の重たい網を引き、魚で溢れんばかりのかごを運んでいる父が、なにやってんのさ、と呆れてしまう。一升瓶ごときで腰を痛めるとは情けない。

それくらいで大騒ぎして、慌てて私を帰省させた母にも同様の視線を向けた。

父は布団に寝そべり、ニュースの後に始まった演歌番組を楽しみながら、「悪いな。

病気ひとつ、怪我ひとつしてこなかった俺だから、母ちゃんを慌てさせちまって」と苦笑いして言い訳をしている。

一方、母は悪びれることなく「大変も大変さ！」と熱く補足する。

「落ちた酒瓶が割れて、そこら中、酒まみれだよ。父ちゃんは『いでー！』と叫んで倒れてるし、あたしゃ、腰の骨でも折れちまったのかと思ったんだよ」

父は五十四で、母は五十二だ。そろそろ健康不安も出てくる年だから、まぁ仕方ないと思うことにして、ふたりを責めることなく味噌汁を啜った。

夕食後は当然の如く、父と晩酌である。

私は父の布団の横でスルメをかじり、父は横向きに寝そべりながら、ビールジョッキにストローをさして日本酒を飲む。

話題は最近の漁のことや、私の東京での仕事ぶりについて。それと五木様のことだ。

私の演歌好きは父の影響で、幼い頃からテレビやCDで聴かされ、船上では父が渋い声で歌ってくれた。

私と同じくらいに五木様の歌が好きな父に、ディナーショーに行ったことを話したら、鼻息を荒くして羨ましがられる。

「五木ひろしのディナーショーか。ちくしょー、俺も行きてぇな。この島でやってく

「東京は人も多いし、色々あって面白いと思うけどよ……夕羽、お前、いつまであっちにいる気だ？　戻って、俺と一緒に漁師やらねぇか？」

私が自虐的に笑って受け流したら、父が急に声のトーンを下げた。

「人口五百人の村で？」

んねぇかな」

私と目を合わせられずにいるところを見れば、帰ってきてほしいと頼んだことに照れがあるようだ。

少し寂しげにも見えて、愛情表現が下手な父が、子供を恋しがっていることに初めて気づかされた。

しかし、私の頭にはすぐに良樹の顔が浮かんで、帰るとは言ってあげられない。

日本酒をちびりと飲んで、「航平《こうへい》がいるじゃん」と弟の名を出せば、「あいつは駄目だ」と、父はすぐに漁師失格の烙印を押した。

「航平は男じゃねぇよ。先月帰ってきた時には、髪を真っ赤に染めていやがった。しかも肩まで長くしてよ。なんて格好してんだか……」

年に数回、長い連休には実家に帰ってきて漁を手伝う私だけど、そういえば弟にしばらく会っていない。盆にも会えなかったから、前に顔を合わせたのは正月ということになる。

その時は確か、短いツンツンとした髪型で明るい茶色だったと思う。

札幌の美容専門学校に通っている弟の夢は美容師なので、色々な髪型にするのはわかるけど、長髪とはどういうことか。一年足らずでそんなに伸びるはずがないから、ウィッグでも被っていたのだろうか。

父は昔かたぎな男だから、お洒落する弟を情けなく思っても仕方ないのかもしれない。

弟と父の双方に理解を示して、ひとり頷き、酒をあおる私だが、ため息をついて続けられた父の言葉に、目を瞬かせることになる。

「俺はもうあいつのことは諦めた。スカート穿いて化粧して、女言葉で話しやがる。漁師にはならねぇだろうな」

それはどういうことだろう……と、私はグラスを持つ手を空中に止めて、静かに戸惑う。

弟は女装家なのか、はたまた、なにかに目覚め、オネエとして生きることを決めたのか。弟をやめて妹になるというのなら、ひと言くらい相談してほしかった。

テレビでは、今は亡き島倉千代子《しまくらちよこ》の名曲『人生《じんせい》いろいろ』を他の歌手が歌っていて、それを聴きつつ今度弟に電話してみようと思っていたら、父が「いてて」と言いながら体を起こそうとした。

慌てて父を支え、布団の上に座らせてあげたら、真面目な顔をした父に肩をポンと叩かれる。

「夕羽、うちの息子はお前だけだ」

「父ちゃん……知らなかったのなら今打ち明けるけど、私は娘だよ。東京に彼氏もいるし、一緒に暮らしてる。悪いけど、まだ当分、帰らない」

私がこっちに戻れば、良樹は嘆き悲しむことだろう。

なにしろ、たった二泊の出張で、私と離れるのがつらいと涙目になる男だから。

私も遠距離恋愛になるのは寂しいので、父には悪いと思っても、離島で漁師をするつもりはなかった。

私の言葉に父は残念そうにするのではなく、目を見開いて驚いている。

「な、なに⁉　男と暮らしてるって、お前……結婚すんのか？」

「いや、そこまでの話はしてないけど……考えてはいるだろうね。向こうはね。私はまだ乗り気じゃないというか、覚悟ができないというか……」

それは最近、よく頭の中をちらつく問題ではあるけれど、悩むというほどではない。

『そんな先のこと』という意識で現実味がなく、はっきりと言葉にしてプロポーズされたわけでもないのだから、悩むには早いのだ。

それで「そんなことより」と弟の話題に戻そうとした私だったが、父が「いいで！」と叫びながら傍らの一升瓶を支えに膝立ちし、良樹の話に食いついてきた。

「どんな男だ？　俺を驚かせるくらいのデケェ男なんだろうな。へなちょこ野郎じゃ許さねぇぞ。今度そいつを連れてこい！」

痛みに呻きつつも意気込む父は、「寝てないとしばくよ！」と母に叱られて、布団に横にされている。

私は酒を飲みつつ、どうしたものかと考え中だ。

良樹の両親への紹介から逃げた身としては、私の方からうちの親に会ってほしいとは言い出しにくい。

それに、父は驚くようないい男を期待しているようだけど、良樹を紹介したらびっくりどころの騒ぎじゃないだろう。

なにしろ、天下の帝重工の御曹司だからね。

いや、案外平気かな……。

父なら大企業の名よりも腕っぷしの方を気にしそうで、『俺と相撲で勝負しろ』などと言い出しかねない。海をバックに恋人と父の相撲対決なんて、なかなかシュールで現代的ではなく、できれば避けたいところだ。

それで「今度ね。いつか、機会があれば連れてくるよ」とだけ答えて、ごまかすことにする。

子供の頃のひと夏だけ島に滞在していたお坊っちゃまで、父が船に乗せたこともあるとは教えなかった。

離島に帰ってきてからというもの、なかなか忙しい時間を過ごしている。

翌日の金曜日は、早朝から父の代わりに船を操り海に出る。

十代の若いアルバイトの男の子ふたりと近海の漁場に延縄《はえなわ》の網を仕掛け、それが終われば腰を痛める前に父が仕掛けた網を巻き上げて、帰港する。水揚げした魚を漁協に卸し、その後は網の手入れもして、へとへとになって昼頃に帰宅。

家では、飲んで食べて、幼馴染がやってきてまた飲んでから寝るという一日だった。

そして土曜の今日も同じ調子で時間は過ぎて、漁師の仕事を終えたら十一時半になっていた。

今日の海はしけていたが、荒波に船を出して無事に帰った私はすごい。漁獲量も上々だ。

鳥羽一郎《とばいちろう》の『兄弟船《きょうだいぶね》』を歌いながら、意気揚々と家に帰り、まずは冷えた体を湯船で温める。

それから、こたつテーブルで母の手料理を食べつつ父と酒盛りを始めた時に、ふとなにかを忘れている気がして、アワビの刺身に伸ばした箸を止めた。

座椅子に座っていられるくらいに腰痛が改善した父が、目を瞬かせている私に「どうした？」と眉を上げて問いかける。

「やり忘れがあるような気がしたんだけど、なんだろう……」

漁に関わることかと思ったが、漁具のひとつひとつを頭の中で点検しても、特に問題はない。

それなら私の本業のことかと東京に思いを馳せて、ハッとした。

そうだ、良樹に実家に帰ることになった経緯を、メールで知らせていない。

忙しさと酒のせいで、すっかり忘れていた。

急いで立ち上がった私は、隣の部屋から数日分の衣類を詰め込んだ旅行用のバッグを持ってくると、しまいっぱなしにしていたスマホを取り出す。

ところが、ホームボタンを押しても画面はグレーのままで作動せず、どうやら充電切れのようだ。

充電器は持ってきているので、居間のコンセントに挿して充電を開始すると、メールは後でもいいかと、こたつに戻った。

良樹は今日の昼過ぎに出張から帰ると言っていたので、私がいないことを知るのは、一、二時間後くらいだろう。念のため、自宅マンションにメモを残してきてよかった。

【ごめん。急だけど実家に帰る】という簡単なものでも、留守にしている理由は伝わるだろうし、心配をかけずに済むはずだから。

そう思い、また気分よく父と酒を酌み交わしているうちに、やがて口からは大あくびが。

重労働後の酒は体に深く染み渡り、すぐに眠気がさしてしまう。

こたつに入ったままで、絨毯にゴロンと寝そべれば、父が珍しく「ありがとな」と優しい声で私にお礼を言った。

「いいよ。娘だもん。当然だよ……」

そう言った後は、良樹を想いながら、夢の中に意識が吸い込まれていく。

明日、漁を終えたらすぐにここを発って、東京に帰ろうか。

私がいないと良樹に寂しい思いをさせてしまう。

それに私も、そろそろ会いたくなってきたから……。


それから数時間が経ち、昼寝から目覚めたら、居間には夕暮れの光が差し込んでいた。

時刻は十六時十五分。

寝ぼけた目をこすって身を起こし、部屋の中を見渡せば、灯油ストーブの上のやかんが湯気を立ち上らせているだけで、テレビもつけられておらず、父の姿もない。

暖簾の向こうの台所からは、包丁がトントンとリズムを刻む音がする。

台所に顔を出し、夕食の下ごしらえを始めている母に「父ちゃんは？」と問えば、漁協の誰だかに呼ばれて港に出かけていったと教えられた。

「腰、大丈夫なの？」

「ああ。医者に買わされた腰に巻くやつ、なんてったっけ？　モルモットか。アレしたら、歩くのが大した楽だって」

「コルセットね。痛みが取れてよかったよ。でも漁はもう数日、休んだ方がいいと思うよ」

そう言ってから声のトーンを落とし、申し訳ない気持ちで割烹着《かっぽうぎ》姿の母の背中に告げる。

「私も仕事があるから、明日の漁が終わったら帰るね……」

軋《きし》む板の間を歩いてゆっくりと近づき、流し台に向かう母の隣に立つ。

熟練の包丁さばきで、大根をスピーディーに銀杏切りにしている母。そばには鮭の切り身やホタテ、春菊に椎茸、長ネギがあるから、今夜は石狩鍋に違いない。

つまみ食いできそうなものがなくて、少々残念に思っていたら、母が手を休めずに意味ありげに笑った。「東京に帰るのは、仕事があるからじゃなくて、彼氏が待ってるからでしょ?」と冷やかしてくる。

「ま、まあね。それもあるかな……」

人差し指で頬をかいて照れてから、スマホを充電していたことを思い出した。

「そうだ。メールしないと」と独り言を口にして居間へと繋がる暖簾を潜ろうとすれば、「あんたの携帯、そっちにないよ」と母に言われる。

振り向けば母が、なぜか流し台の横の、勝手口を指差していた。

「じゃんじゃん鳴ってるのに、あんたは起きないし、あんまりうるさいから漬けちゃったよ」

淡々とした口調の説明に、「漬けるって……どういうこと？」と首を傾げれば、「大根の味噌漬けの樽《たる》に放り込んだ」と言われて、目を剥いた。

「なんで⁉」

「音が出ないようにしようと手に取ったんだけど、そしたらブルブル震えて気味が悪いったらありゃしない。あんな近代兵器、あたしには恐ろしくて扱えないよ。それで慌てて、つい樽の中に……」

母はバイブレーション機能もない古い携帯電話を長年使い続けていて、スマホに触れたことがなかったようだ。

慌てん坊ぶりをおかしな方へ炸裂させた母に、「勘弁してよ！」と叫んだ私は血相を変えて、勝手口からドアの外へと飛び出した。

そこはすぐに屋外ではなく、トタン板の簡単な屋根と囲いがされた半屋内。漬物樽や魚の保存用の業務用冷凍庫が置いてあり、床はコンクリート敷きになっている。

急いで樽の蓋を開けて中を確かめれば、ファスナー付きの野菜保存用ビニール袋に入れられた私のスマホが、漬物大根の上にのせられていた。

あ、味噌が染みないようにしてくれている。慌てていた割に、そこはちゃんと考えてくれたんだ……。

胸を撫で下ろして、スマホを樽の中から救出した私は、「夕ご飯まで散歩してくる」と母に言い置いて、玄関から外に出た。

着ている服は薄手のスウェットだけど、スポーツメーカーのダウン入りベンチコートを羽織っているので寒くない。

家から百五十メートルほど先の、港の方へと歩いていけば、夕焼け空に海までが茜色に染められて、それが地平線まで続く様が美しく目に映った。

後ろを振り向けば、紅葉に色づく山があり、秋の離島の夕暮れは鮮やかだ。なにもない小さな島だけど、景色だけは一級品だよね……。

港は足場がコンクリートとアスファルトで固められているので歩きやすく、漁協の倉庫のような建物は海に向かって右奥にある。

漁船が数十隻停泊している波止場を、左へと向きを変え、海沿いを歩いていた。この時間は漁をしている船はないため、辺りに人影はなく、波音とカモメの声しか聞こえない。

朝はしけていたが、今はだいぶ凪《な》いでいて、明日の早朝の漁までは、この調子で穏やかな海であってほしいと願っていた。

落ち着いた気持ちでポケットから取り出したのは、スマホだ。

さて、良樹にゆっくりとメールを……と思ったが、ホームボタンを押した途端に、私は驚き目を見開いた。

メールの未読が百五件、電話の着信が五十二件って……どういうこと？　まさか味噌が染みて、壊れてしまった？

故障を予想しつつも、不在着信をざっと確かめれば、全て良樹からのものだった。

膨大な件数のメールは、今すぐに全部をチェックするのは無理だけど、これらもきっと彼からのものであろうと推測する。

最後に送られてきたメールを開けば、こんな文面が現れた。

【君は俺を受け入れるしかない。諦めろ。どこへ逃げても、地の果てまでも追いかける】

え……なにこれ、脅迫？

壊れたのはスマホじゃなくて、良樹なの？

出張先で毒キノコでも食べてしまったのかと彼を心配した時、「夕羽ちゃーん！」と私の名を呼ぶ彼の声が聞こえた気がしてハッとした。

慌てて周囲を見回すが、先ほどまでと変わらず人影はなく、波が打ち寄せるだけの平和な波止場に、緊張を解きかける。

なんだ、気のせいか。

耳に聞こえるのは波と風の音と、ヘリのプロペラが回転する音だけで、他にはなにも……ん？　ヘリコプター？

まさかという気持ちで空を見上げれば、低空飛行のヘリが一台、南東の方角からこちらに向かって飛んでくる。

その白い機体からは縄梯子が垂れ下がり、その中ほどに足をかけて片手で掴まっているのは、パーティーにでも出かけるような黒い燕尾《えんび》服姿の青年だった。縄梯子を掴んでいないもう片方の手には、赤いバラの花束のようなものを持っている。

ぎょっとして見上げていると、ヘリはどんどん近づいてきて、その青年が良樹であることを知る。

なにをやっているのかという驚きの中で、ものすごい風圧が私を襲い、足を踏ん張って両腕をクロスして顔を守ったら、急降下したヘリの、地上から二メートルほどの高さの縄梯子から良樹が飛び降りた。

私から数メートル先に彼が着地した後、ヘリはすぐに上昇して上空で旋回《せんかい》し、飛んできた方へ帰ろうとしている。

ヘリによる風がやみ、また波音が大きく聞こえる波止場で、私は慌てて良樹に駆け寄った。

彼は片膝をアスファルトの地面についた姿勢で固まったように動かず、その腕を引っ張り立たせれば、顔色は白く唇は青紫になっている。

驚き呆れて「なにやってんの?」と非難を込めて問いかければ、「凍るかと思った……」と歯の根の噛み合わない声が返ってきた。

当たり前だ。どこから縄梯子に掴まって飛んできたのか知らないが、この季節の北国の海上は寒いどころじゃ済まない。

防寒着も着込まずに、燕尾服でバラの花束って……良樹は一体なにがしたかったのか。

「とにかく体を温めないと」と、私の羽織っているダウン入りのベンチコートを脱ごうとしたら、それを遮るように強く抱きしめられた。

三日ぶりの抱擁に思わず胸を高鳴らせれば、耳元に怒っているともとれる、深刻そうな声を聞く。

「頼むから、俺から逃げないで。夕羽が嫌なら親に会わなくていいし、今後はどんなパーティーにも参加しなくていい。だから、世界が違うと言わないでくれ……」

冷たい燕尾服の肩下に頬を押し当てられている私は、目を瞬かせて考えている。

どうやら良樹は、私が残したメモを読んで勘違いしたようだ。一時的な帰省ではなく、別れるつもりで地元に帰ったのだと。

そう思わせた原因にも心当たりがある。

彼の出張前夜に一緒に晩酌した時、異世界の人と交際している気分で困るという愚痴をこぼした記憶がある。寝落ちしかけた私に彼は、『そんな悲しいこと言うなよ』と切なげな声で呟いてたっけ。

ああ、そうか。これは言葉足らずな私が悪かった。

自分の落ち度に気づいて反省した後は、別れる気はないと言って安心させなければと口を開く。

「良樹、聞いて」

しかし勘違いしている彼は、「別れの言葉は聞かない」と話をさせてくれない。

彼の胸を押すようにして体を少し離した私は、「いや、そうじゃなくて――」と慌てて否定したが、なおも話を聞こうとしない彼がそれを遮り、真剣な顔をして言った。

「夕羽、俺と結婚して。同棲だけじゃ駄目だと気づいた。一刻も早く完全に俺のものにしないと、不安でたまらない。拒否しても無駄だよ。どんな汚い手を使っても、俺の妻にする」

彼の両腕に閉じ込められたまま、きっぱりとした口調の脅迫めいたプロポーズをもらった私は、半開きの口で唖然としてしまう。

私を手に入れるためなら、悪党にもなるって……？　おいおい、君はどこまで私に夢中なんだ。

そこまで言われたらもう、覚悟を決めるしかないじゃないか……。

急におかしさが込み上げて、吹き出して笑ったら、良樹がムッとした顔をする。

「俺は真剣に——」

「わかってるよ。良樹の手を汚させたりしないから安心して。私も良樹が大好きで、これから先も一緒にいたいと思ってる」

「え？　じゃあ……」

その顔から険しさが解け、期待に口元が緩んでいくのが見て取れた。

血色もよくなり、唇も頬も夕日に温められたかのように赤みがさしている。

覚悟を決めた私は、ニッと笑って決意表明をする。

「良樹の両親にもちゃんと挨拶するし、セレブパーティーにも参加するよ。良樹に恥をかかせないように、これから色々と勉強して努力しようと思う」

「それは、つまり……？」

ゴクリと唾を飲んで、続きを催促する彼に、私は笑いながら言った。

「良樹の嫁になってやるかな。私がそばにいないと、泣いちゃいそうだからね」

ホッとしたように「うん」と頷いて、早速目を潤ませる彼は、私の後ろ髪に手を当てると、急に顔を近づけてきて、強引に唇を奪った。

泣いているのをごまかそうとしても無駄だよ。私の頬まで濡らしているもの。

喜びの涙を流してくれるなら、私も幸せな気分になれるから、歓迎するけどね……。

その時、後ろにバタバタと走る足音がして、「いでで」という声に続いて、「こらっ、俺の娘になにしてくれてんだ！」と叫ぶ父の声が聞こえた。

唇を離して振り向けば、父が腰に手を当て痛みに顔をしかめつつも、私たちの前に立ち、良樹を睨みつける。そして「お前が夕羽と一緒に暮らしてるっていう男か？」と詰問調で問いかけた。

初対面ではないふたりだけど、良樹は随分とイケメンに成長したため、ぽっちゃりひ弱な少年の面影はなく、父は気づかないことだろう。

それで、彼を改めて紹介しようとしたのだが、私の一歩前に進み出た良樹が、父を見下ろして先に話し始めてしまった。

「突然、空からすみません」

「お、おう。なんだ、随分と背がデケェし、男前な面してやがんな。空からって、さっきの怪しげなヘリにお前が乗ってきたのか？　金持ちくせぇな……」

「はい。金銭的な余裕はかなりあります。ですから夕羽さんに不自由な思いはさせません。私に娘さんを今すぐください」

どちらかといえば、父の方が怯んでいるように見える。

それは良樹が醸し出している大富豪オーラのせいというよりは、父より十五センチほども上背があることと、漁船しかないような島に、燕尾服で空からやってきた変な奴という理由が大きいように思われる。

二日前に私が危惧《きぐ》した、恋人と父との相撲対決とはならない雰囲気なので、良樹に任せて成り行きを静観してみたら、父は威厳を保とうと頑張って片足を半歩前に踏み出していた。「この俺を金で釣ろうってのか？」と凄んでみせ、なぜか腕まくりをして五十半ばにしては逞しい上腕二頭筋を披露する。

「釣るのは魚だけにしとけ。俺は金なんぞで動かされねぇぞ。今すぐ夕羽をくれと言われてもな、大事な娘だ。ホイホイくれてやれるかってんだ」

若干、この対決を楽しみ始めた私は、良樹はどんな反撃に出るのかと、斜め後ろで腕組みをして見守る。

彼の次の一手は、片手に持っているバラの花束だった。

それを私ではなく父に差し出したから、父は意表をつかれたように眉を上げた。

「花なんかもらっても、嬉しくねぇよ」という言葉はもっともで、私は父に同意して静かに頷く。

花は綺麗だと思うけど、味わえないからつまらない。

花より団子……いや、酒の私たち親子は、バラの花束では心を動かされないが、それは良樹の失策ではないようで、彼は自信ありげな声で言った。

「お渡ししたいのは、バラではありません。花束の中をよくご覧ください」

中になにかを仕込んでいたのかと、私も興味をそそられて、良樹の隣に並ぶと、父と一緒に花束を覗き込んだ。

数十本のバラの花をかき分ければ、そこには五百ミリリットルサイズの酒の小瓶が隠されている。

良樹がズボッと引き抜いたそれには、紫色のラベルに、裏返しにした墨文字で『鍋《なべ》山《やま》』と銘柄が書かれていた。

こ、これは……昨年の酒の世界大会で金賞を獲得した北九州の幻の銘酒、純米大吟醸、隠し酒の『裏《うら》鍋山』じゃないか！

私が一度味わってみたかった、プレミアものの日本酒だよ。それを父にあげちゃうの⁉　そのバラの花束は、本当は私のために持ってきたんだよね？

良樹が持つ酒瓶に手を伸ばした私だが、その手は父に払い落とされて、裏鍋山を奪われてしまった。

大事そうにそれを抱える父は、ニヤリと笑って良樹に言う。

「お前、わかってんじゃねぇか。見所のある男だ。娘はくれてやるから、今すぐ連れ帰ってくれ。夕羽がいたら、飲み干されちまう」

「父ちゃーん‼」と悲痛な叫びをあげた私は、心の中で文句をぶつける。

大事な娘だから、ホイホイくれてやれるかと言ったくせに、酒瓶一本と引き換えに連れ帰れとは、どういうことさ。

良樹の名前も聞いてないし、どこの誰だかわからない男に、娘を取られてもいいというのかい？

ヘリの縄梯子に掴まって、凍りそうになりながら飛んできた奇妙な奴だよ？

そりゃ、裏鍋山は魅力的で私も飲みたい。

悔しいな。お猪口一杯だけでいいから、味見させてくれないかな……。

父の腕の中の酒瓶を羨ましげに見つめていたら、良樹の腕が私の肩に回されて、俺のものだとばかりに引き寄せられる。

視線を合わせれば涼しげな瞳を弓なりに細め、嬉しそうな顔をした彼が私の額に軽いキスを落とす。

そのキスで幻の銘酒への未練は嘘のように消えてなくなり、私の胸には温かで幸せな思いが広がっていった。

良樹が愛してくれるなら、それだけで心は満ち足りて、他にはなにもいらないよ……。

父は自宅へと帰っていったので、私は遠慮なく良樹の肩にもたれかかり、橙色の凪いだ海をふたりで見つめる。

クスリと笑ったのは、勘違いした彼の必死さを思い出していたためだ。

今は穏やかな顔をして「ん?」と私を見る彼に、笑いながら聞く。

「ねぇ、もし私が本当に良樹から逃げて、ここに帰ってきていたとしたら、どうするつもりだったの?」

『どんな汚い手を使っても、俺の妻にする』と言われた時、私の心臓は大きく波打った。まさか本当に悪人まがいなことはしないと思うけど、彼の本気を知って胸打たれたのだ。

彼に投げかけた質問は、なにげないもので、答えられなくてもいいと思っていた。

すると突然、彼が私の背中と膝裏に腕を回して持ち上げる。

急に横抱きにされて「わっ！」と驚いたら、彼がニヤリと口角を上げた。

「こうやって夕羽ちゃんを抱えて、セスナ機に乗る予定だった。俺の所有する無人島に直行する計画で手配してたんだ。抵抗するなら、拘束衣を着せてね」

それを冗談だと思った私がアハハと呑気に笑ったら、良樹は「本気だよ」と真顔になる。

「夕羽が永遠の愛を俺に誓うまでは、ふたりで無人島にこもるつもりだった。朝から晩まで、何日でも、君の心と体に俺の愛を刻みつけるんだ」

その真剣な眼差しと声から察するに、どうやら冗談抜きで私を攫《さら》う準備をしていたようだ。

もし私がプロポーズを断っていたら、電話一本でセスナ機が飛んできたことだろう。

再び唖然とさせられ、笑顔が引きつる私であったが、すぐに胸には感激に似た熱い思いが込み上げてきた。

愛する人が、そこまで求めてくれるのは、幸せなことじゃないか……。

横抱きにされたまま、その首に腕を回して唇を触れ合わせれば、良樹は満ち足りた顔で微笑む。

そして彼からも、思いを込めた深いキスをしてくれた。

逞しい腕に身を任せ、打ち寄せる波音を心地よく聞いていれば、そのリズムに乗って五木様の名曲『契り』が頭に流れてきた。

良樹の底知れぬ愛に、私も応えたい。

あの歌詞のように、愛する彼へのこの想いを大切に膨らませ、永遠であれと願っていた。

特別書き下ろし番外編

あの頃も今も、君に夢中

強い春風が吹き抜ける四月のある日。

名家の御曹司にして、帝重工環境エンジニアリングの社長を務める三門良樹は、運転手付きの黒塗りの高級車に乗り、実家の正門を潜ったところであった。

彼が愛する女性、浜野夕羽にプロポーズしたのは、去年の秋のこと。

それから五カ月半ほどが経ち、結婚式はひと月後の五月上旬に予定されている。

日増しに緑を濃くする車窓の日本庭園を眺めつつ、彼の頬が綻んでいる理由は、もうすぐ彼女を完全に己のものにできるという安堵感と、久しぶりに彼女に会えるのを喜ぶ気持ちとのふたつであった。

(夕羽ちゃんに早く会いたい。メールも電話も禁じられて、この一週間はひとり寝がつらかった……)

彼女が三門家に住み込みの花嫁修業に入ったのが、一週間前だ。

彼女との結婚に渋い顔を見せた両親を、良樹は説き伏せ、結納を無事に交わしたのだが、結婚式までに三門家の嫁に相応しい礼儀作法と教養を身につけてもらわねばならぬということで、夕羽には一カ月のミッションが課せられていた。

彼女は一年契約の派遣社員であったため、三月末で契約は終了し、四月からは無職である。時間に余裕のできた四月に、花嫁修業に入ることになったのだ。

ふたりが会えるのは、日曜だけという制約も課され、最愛の女性と離れて暮さねばならない一カ月の修業期間は、良樹にとっても試練であった。

車は広大な日本庭園の中の細道を進み、やがて格式高い佇まいの、和風旅館のような屋敷の前に到着する。ここが三門家の母屋である。

運転手が開けたドアから降りた良樹は、口元に浮かんだにやつきを消せずに、数寄屋造りの内門を潜る。

出発前に母親に今から行くことを連絡しておいたので、夕羽にも伝わっていることだろう。彼女も一週間ぶりに会えるのを心待ちにしているはずだと彼は考え、玄関の檜の引き戸を開けた。

すると……。

彼は目を見開いた。

萌黄色をした色無地の着物姿で、玄関の上り口に三つ指ついて頭を下げ、夕羽が正座をしているのだ。

顔を上げれば目の下にはくっきりとしたクマが浮き上がっていて、頬はこけてやつれている。
「お帰りなさいませ」という声は淑やか……というより、今にも死にそうに弱々しく、
一週間前にここに送ってきた時の彼女はやる気に満ちて、健康的な顔色をしていた
というのに、この変わりようは一体どういうわけなのか。
驚く彼が「夕羽ちゃん……」と戸惑う声で呼びかけたら、彼女はふらりと立ち上が
る。そして体を前後に揺らしたかと思ったら、バッタリと前のめりに倒れてしまった。
「夕羽ちゃーん‼」
慌てて駆け寄った良樹は、その腕に彼女を抱え、顔を覗き込んで心配する。
「そんなになるまでしごかれたの？　ごめん、本当にごめん。花嫁修業なんてしなく
ていいから、今すぐ帰ろう」
しかし彼女は良樹の腕をガシッと掴んで上体を起こすと、まるで戦場で瀕死の傷を
負いながらも、なお敵に立ち向かおうとする武士のように、目だけは爛々《らんらん》と光らせて
言った。
「なんのこれしき。こっちは腹括ってんだ。一カ月で三門家の嫁に相応しい大和撫子
になってやるよ。女の覚悟を舐めてもらっちゃ、困る」

夕羽の頼もしいところが好きな良樹でも、こんなに疲労した姿を見せられては、胸を高鳴らせることはできず、ヒシと抱きしめて唇を噛みしめるのみ。

夕羽がなんと言おうと、連れ帰る。

彼がそう思っていた時、柱の影からひとりの老婦人が姿を現した。

三門家に仕えて六十余年。良樹の母親の嫁入り前にも、しきたりや伝統を教え、花嫁教育を施した躾《しつけ》のスペシャリスト、カエである。

齢八十にして背筋がまっすぐに伸び、凛とした雰囲気を纏う着物姿の小柄なカエは、玄関の上り口に正座をする。そして「良樹様、お帰りなさいませ」と品のよい挨拶をしてから立ち上がり、意外にも強い力で彼の腕から夕羽を奪い取った。

「しゃんとお立ちなさい！　妻たる者、夫の前では疲れを顔に出してはなりません。常に笑顔で夫を癒し、影ながら支える存在、それが三門家の奥様でございます」

そう言われた夕羽は、足に力を込めて懸命に立ち上がると、良樹に向けて満面の笑みを浮かべた。

「夕羽ちゃん……」

彼女の覚悟が痛いほどに伝わり、良樹の胸が締めつけられる。それと同時に無理やり作った笑顔が怖すぎて、彼は引き止める言葉を失いかけていた。

カエは夕羽の尻をペンと叩いて引っ込ませ、猫背気味の背筋もまっすぐにさせて、手の位置、爪先の角度などに細かな注文をつけてから、彼女に指図した。

「では、良樹様にご挨拶申し上げ、梅の間に戻りましょう。次はお花のお稽古です」

華道などといった雅な教養を教わることは、夕羽にとって苦行に違いない。

「ハイ、カエセンセイ……」

思わず片言になる彼女だったが、それでも文句も拒否なく、良樹に「わたくしはこれにて失礼させていただきます」と会釈して、背を向けた。

それでハッと我に返った良樹が床に膝立ちして、彼女の手を掴み、引き止める。

「駄目だ！　一緒に帰ろう。こんなんじゃ、結婚式を迎える前に死んでしまうよ！」

と慌てた彼だが、その手は夕羽に払われてしまった。

顔だけ振り向いた彼女は、挑戦的な眼差しを彼に向け、強い口調で言い放つ。

「逃げるわけにはいかないよ。この試練を受けて立つと言ったのは、私だ。女に二言はない。良樹は帰っておくれ。結婚式まで君には会わない。ひと月後に特訓の成果を見せてやるから、首を洗って待っていることだね」

「ゆ、夕羽ちゃん……」

払われた手を空中で握りしめた良樹が、現代に侍がいたと目を見張ったら、彼女の隣でカエが拍手した。

「よくぞ、仰いました。夫に対する礼儀や言葉遣いはなっておりませんが、そのお覚悟だけは大したものです。その心意気で、良樹様に恥をかかせない妻となっていただきましょう」

ふたりは廊下の奥へと去っていき、良樹は広い玄関の上り口に呆然と座り込んでいる。

期待していたのは、久しぶりの逢瀬《おうせ》に喜び、お互いを甘く求め合うものであったはずなのに、なぜこうなったと、彼は頭を抱えてしまう。

結婚式までおよそひと月。あの調子でしごかれて、夕羽の心身は持つのだろうか？

そして、その間、彼女に会うこともできないのかと、彼の口からは切なげなため息が漏れるのであった。


それからひと月ほどが経ち、今日は五月上旬の大安吉日である。

薄水色の空から柔らかな日差しが降り注ぎ、白い玉砂利を宝石のように輝かせていた。

ここは天皇家にも縁のある由緒正しき神宮で、鎮守の森に囲まれた中に、神の住まう荘厳で歴史のある建物がどっしりと構えている。

その神宮において、三門家の子息の婚礼が、今まさに進行している最中であった。奉賽殿《ほうさいでん》と呼ばれる建物に向けて、三十人ほどが行列をなし、玉砂利の上を静々と進みゆく。

神主と巫女《みこ》に導かれて歩むのは良樹と夕羽で、その後ろに親族が続く。

良樹は黒五つ紋付羽織袴姿で、若い巫女が思わず頬を染めたほどに凛々しく頼もしく、そして実に幸せそうな笑みを湛えている。

彼の左隣を歩く夕羽は白無垢に綿帽子姿で、朱塗りの和傘を後ろから差しかけられ、顔をほんの少し俯かせていた。

長い睫毛に、赤く塗られた唇と白い肌。花嫁衣装に身を包んだ夕羽は誰の目にも、美しく洗練された淑女《しゅくじょ》に映っていることだろう。

良樹の目にも、そう映っていた。

ひと月と少しの花嫁修業をやりきった夕羽は、その雰囲気をがらりと変えていた。以前の彼女とは別人と言ってもいいほどに優雅な気品を纏い、今の彼女ならどこへ出向いても一目置かれるに違いない。

やっと夕羽を己のものにできる興奮と、会えずに苦しんだ花嫁修業期間の終わりに安堵して、心が浮き立つような思いでいる良樹であったが、淑女然とした彼女の様子に、ふと心に不安が芽生えた。

雅楽《ががく》が厳かに奏でられる中、彼がチラリと横目で彼女を見遣れば、長い睫毛に縁取られたふたつの瞳には、以前の明るい光が失われたような気がする。

カエの厳しい修業に、弱音を吐かずに耐え抜いた彼女は立派だ。

その疲労が今、表れているのだと思えなくもないが、心ここに在らずというか、魂が抜け落ちてしまったように見えるのだ。

喜びよりも心配が勝った良樹は、顔を曇らせて隣を歩く彼女にそっと声をかける。

「夕羽ちゃん、大丈夫？」

すると彼女は彼に顔を向けて上品に微笑んでみせ、「はい」と殊勝な返事をした。

以前の彼女なら、受け答えは『うん』である。

それにも戸惑い、さらに心配を膨らませる良樹であったが、行列の参進はちょうど終わりを迎え、奉賽殿に到着したところであった。次の儀式へと移りゆく神殿内においては、それ以上の言葉をかけることは難しいと思われる。

神座に向かい、右に新郎、左に新婦の親族が一列に座し、良樹と夕羽は両家の親族に挟まれるようにして中央に並んで着席する。

神主が大幣《おおぬさ》を振り、祝詞を奏上し、厳かに淀みなく儀式が進行する中で、良樹は左隣の夕羽の様子が気になって仕方ない。

花嫁修業を終えた彼女と初めて顔を合わせたのは、この式が始まる直前で、まだまともな会話を交わしていない。

場に合わせて大人しくしているだけならいいのだが、良樹の好きな、頼もしく元気でマイペースな彼女らしさが失われてしまったのなら一大事である。

儀式は『三献《さんこん》の儀』に移る。大きさの異なる三つの盃で交互に御神酒《おみき》を口にすることで夫婦の契りを交わすというこの儀式は、三三九度とも呼ばれている。

朱塗りの小さな盃に、巫女から御神酒を注がれた良樹は、それを三度に分けて口にして、次に盃は夕羽に渡される。

花嫁のお手本のように、品のよい所作でそれを唇に当てた夕羽であったが……直後にその瞳をカッと見開いた。

三度に分けることも忘れて、グイッと飲み干した彼女が「五臓六腑《ごぞうろっぷ》に染み渡る……」と良樹にしか聞こえない小声で呟いたから、彼は目を瞬かせた。

二の盃、三の盃と、器が大きくなるにつれ、夕羽の表情は生き生きとしたものに変わる。まるで枯れかけた花が命の水を与えられて生き返るが如く、夕羽は彼女らしさを取り戻していった。

三献の儀が終わり、巫女が盃を片付けてしまうと、夕羽は物惜しげな顔をして「お代わりしたかった……」と残念そうに呟いた。

きっと花嫁修業の期間、一滴の酒も飲ませてもらえなかったのであろう。うわばみの彼女であるから、心を殺さなければやり過ごせなかったのは無理もない。

結婚式の当日を迎えても、心はどこか遠い場所を彷徨《さまよ》っていたようだが、御神酒を口にしたことで魂は無事にその体に戻ってきたようだ。

それを感じて良樹は、ホッと安堵の吐息をつく。

（よかった。立派な嫁になろうという覚悟はありがたいけど、夕羽ちゃんらしさを失ってまで変わらないでほしい。結婚式が終わったら、たっぷり飲ませてあげないと……）

神前での挙式はつつがなく終了し、その後は神宮が管理運営する宴会場の大ホールにて披露宴が開かれる。

招待客はおよそ千五百人で、政財界の重鎮に外国の要人、ハリウッド俳優まで招かれている。料理は世界に名を馳せる三つ星レストランの総料理長が担当し、会食中の音楽を奏でるのは著名なピアニストとバイオリニスト。

実に豪華で華やかな披露宴であるが、色打掛姿の夕羽は、招待客の顔ぶれや目の前に出された高級料理よりもあることが気になって、ソワソワと落ち着かない様子であった。

すっかりいつもの調子に戻っている彼女が、「ねぇ、まだかな?」と高砂の隣の席に座る良樹にそっと問いかければ、「もう少し。あと十分くらいだよ」と彼は微笑んで答える。

夕羽がなにを気にしているのかというと、『余興にサプライズゲストを招いたんだ』と、先ほど良樹に教えられたことについてだ。

御神酒で生気を取り戻した夕羽を見て、彼は安堵し、嬉しく思った。

彼女をさらに喜ばせたいと思い立った良樹は、披露宴が始まる前に三門家の使用人に指示をして、ある芸能人を呼ぶべく手配を命じていた。

彼が誰を招こうとしているのか、彼女は薄々気づいている様子。『夕羽ちゃんの大好きなあの人だよ』とヒントを与えていたため、それは五木ひろしに違いないと、心を弾ませているようだ。

そしていよいよ、余興が始まるというアナウンスが広いホールに響く。アナウンサーを本職とする有名な男性司会者がマイクを通して、夕羽の期待をさらに煽った。

「ご新婦の夕羽さんは、幼い頃から演歌が大変お好きだということで、本日はあの方をお招きしております。それでは登場していただきましょう。五木――」

照明が少し落とされ、高砂の斜め横の余興用のステージにスポットライトが当てられる。

指を組み合わせた夕羽が思わず「五木様！」と叫ぶ。同時に、パーテーションの陰からステージ上に現れたのは、ラメ入りの真っ赤なジャケットを着て白いズボンを穿いた、あの男性歌手。

「五木ひろしさんのモノマネをされて二十年。五木ヒトシさんです。皆様、拍手をお願いします！」

司会者の紹介に被せるようにして、名曲『契り』を目を細めて歌い始めた五木ヒトシ。

実に見事な歌唱力で、本物によく似せた歌声ではあるけれど、会場からは笑いが起こり、夕羽はといえば……一瞬にして興奮を冷ましていた。

期待を最大限まで膨らませていた反動で失望は大きく、せっかく生き生きとした光が戻っていた瞳も、今は再びフィルターがかかったように曇ってしまった。

「良樹は、私になにか恨みでもあるのかな？」と彼女が非難を込めて呟けば、彼は慌てて弁解を始める。

「ごめん、さすがに本物を急に呼ぶことはできないよ。スケジュールが詰まっているだろうし、なにより失礼だと思うから。ヒトシさんの方はふたつ返事で了承してくれたそうだけど」

「それに——」と言葉を切ってから、良樹は頬を膨らませて拗ねたような顔をする。

口内に溜めた空気をフウと吐き出して続けた言い訳の方が、彼の本心を表していた。

「本物が来たら、夕羽ちゃんはそっちに夢中になって、俺のことを見なくなるだろ？それは嫌だ……」

夕羽を喜ばせようと招いたものまね芸人は、逆効果ではなかったようだ。

独占欲の強い彼が目を泳がせて本心を打ち明ければ、彼女は声をあげて嬉しそうに笑ってくれた。

「確かに五木様は魅力的だけど、ファンみんなのものだからね。でも良樹は違う。今日から私だけの旦那様だよ。やきもち焼きくん、末長くよろしくね」

五木ヒトシの生歌を聞きながら、夕羽が右手を差し出したのは、握手を求めたためであったのに、感激のあまりに良樹は、その手を強く引いて抱き寄せてしまう。

アツアツなふたりの様子に気づいた会場からは冷やかしの歓声が湧いたけれど、夕羽は羞恥心よりも日本髪のカツラがずれることに慌てているようだ。

そんな彼女の耳に唇を当て、良樹は色めいた声で溢れそうな愛を囁く。

その言葉を聞く資格があるのは夕羽だけで、他の誰にも内緒の告白であった……。


その夜。久しぶりに顔を合わせた親族が三門家に集結し、披露宴後も内々の宴に付き合わされた良樹と夕羽は、ふたりの住まうマンションに帰宅できずに、実家に泊まることとなった。

ここは母屋とは渡り廊下で繋がれた、離れの屋敷である。

庭に響くししおどしの音が聞こえる以外はやけに静かで、十六畳の和室に敷かれたひと組の布団を前に、紺地の縦縞しじらの浴衣を着た良樹はあぐらをかいている。

彼の斜め横には夕羽が正座しており、その姿は白無地の和装の寝間着だ。

ふたりの間には蒔絵の施された漆塗りの大名膳が置かれ、とっくりと盃がふたつ、のせられている。

酒は入れど、会話がないのはそばにカエがいるからで、この寝室を整え、ふたりの世話を焼いた後に、カエはやっと腰を上げて襖の前に移動した。

それを開ける前にふたりに向けて正座をし、満足げな笑みを浮かべて挨拶をする。

「わたくしはこれで失礼させていただきます。この離れは人払いをしておりますゆえ、ご安心を。それではどうぞ、お励みくださいませ」

カエが部屋を出ていき、襖は閉められる。すると静寂がさらに増したような気がしたが、ししおどしの音で夕羽は微かに肩を揺らした。

お目付役のカエがそばにいなくても、夕羽の表情には硬さがあり、まだ緊張を解いていない様子である。

良樹だけは普通の調子を取り戻していて、夕羽の盃に酒を注いで、その労をねぎらった。

「疲れた？　今日はよく頑張ってくれたよ。ありがとう」

「うん……」と答える声には濃い疲労が滲んでいたが、『それならば今日はぐっすりとお休み』とは言ってあげられない事情が彼にはある。

夕羽が花嫁修業に入ってから今日まで、抱けない夜がひと月以上も続いたのだ。良樹の方としては、一刻も早くイチャイチャしたくてたまらない。

夕羽が盃の酒を飲み干して膳に戻したら、良樹はお尻の位置をずらして彼女との距離を詰めようとする。しかし夕羽も横にずれて、彼が詰めた分の距離を開けるから、ふたりが触れ合うことはなかった。

「夕羽ちゃん……？」と不安げに顔をしかめて彼が問えば、彼女は目を泳がせて膝の上で両手を強く握りしめた。

「ご、ごめん。なんか緊張しちゃって……」

「なんで？　ふたりきりだから、もう気を緩めていいんだよ」

「わかってるけど、その……。良樹と夜を過ごすのは久しぶりだし、なんていうか、この白い寝間着やシチュエーションが、いかにも初夜って感じでドキドキしてる。初めてじゃないのに、変なのはわかってるんだけど……」

彼女が頬を染めている理由は、寝酒に二合ほど日本酒を飲んだせいだけではないようだ。

まるで穢《けが》れを知らない乙女のように恥じらう姿を見せられては、良樹の情欲がかき立てられないわけがない。

（なんて初々しい照れ方をするんだ。早くこの手で滅茶苦茶に愛したい……）

胸を熱くする彼が「夕羽」と優しい声で呼びかけて右手を取れば、「ま、待って……」と彼女は彼の手を拒む。

触れられた右手を左手で握りしめて、耳まで顔を赤くした。

「待てないよ。夕羽が可愛すぎて、とっくに限界がきている。悪いけど、恥じらうのも戸惑うのも、俺に抱かれながらにして」

そう言うや否や、良樹は背後の掛布団を捲り上げると、まっさらなシーツに包まれた敷布団の上に夕羽を強引に連れ込んだ。

「あっ」と声をあげた彼女は、仰向けに倒され、彼に組み敷かれる。

彼女は戸惑いに瞳を左右に揺らし、それから一拍置いて、覚悟を決めたようにまっすぐな視線を彼と合わせた。

部屋の明かりは、枕元から少し離れた畳の上に置かれている行灯《あんどん》ひとつである。

その柔らかな光を浴びる彼女は妖艶なまでに美しく良樹の目に映り、緩やかに弧を描く艶めいた唇にさらなる情欲をかき立てられながら、彼は己の唇を強く押し当てた。

彼女との久しぶりのキスは日本酒の味がするけれど、それは決して不快なものではなく、むしろ甘美で芳醇《ほうじゅん》に広がり、彼を酔わせる。

たっぷりと彼女の唇を堪能した後は、その腰紐を解いて寝間着の前合わせを開き、ボリュームのある胸に顔を埋めた。

（ああ、なんて気持ちがいいんだ……）

ひと月と数日ぶりの弾力と温もり、それと伝わる彼女の速い心音に、彼は気持ちを高ぶらせる。

夢中で揉みしだいて感触を楽しみ、舌先で愛でていたら、「んっ」と控えめな嬌声をあげる夕羽が、「胸ばっかり」と文句のような、他の場所にも触れてほしいと催促するような声をかけてきた。

彼女をじらしても、胸への愛撫をやめない彼の頭には、ふと懐かしい思いが込み上げる。

彼女の胸に初めて興奮したのは、小学校五年生の夏休みだ。

その時の思い出が今、脳裏に蘇《よみがえ》る——。

夕羽と出会って十日ほどが過ぎた頃、良樹はその朝も彼女に連れ出され、海辺で遊んでいた。

北の海は深い青色をして、夏でもひんやりと冷たく、日差しは肌を刺しても頬を撫でる風は涼やかだ。

岩場で小蟹獲りを教えてくれる彼女は、今日も溌剌《はつらつ》として、夏の太陽よりも眩しい笑顔を彼に向けていた。

割り箸に糸を結わえ、糸の先に細く裂いたスルメを結んだものを岩の隙間に垂らせば、隠れていた小蟹がそれをハサミで掴む。糸を引っ張って持ち上げても、スルメを放そうとしないので、簡単に釣れるのだ。

「ほら、釣れた！」と得意げな彼女は、良樹よりひとつ年下なのだが、きっぷがよく度胸があり、面倒見のいいところもあって、年上のようにも見える。

それは小学生の時分では、女性の方が発育が早いということも影響しているのかもしれない。

「夕羽ちゃん、すごい！」と褒めれば、彼女は日焼けした肌に白い歯を見せ、ニヒヒと笑って照れ隠しをする。

良樹は東京の由緒正しき名門小学校に通っている。

そこの生徒は裕福な家の育ちで、礼儀作法を厳しく躾けられているため、いかにも良家の子女といった品のよい子供ばかりだ。

それが当たり前の環境にいた彼にとって、夕羽の奔放さと大自然の中で自由を謳歌《おうか》する姿は刺激的で、彼女に対する興味は尽きない。

彼女が毎朝、遊びの誘いに来るたびに、彼はワクワクと胸が高鳴って仕方ないのであった。

ふたりで楽しく小蟹獲りをすること、二時間ほど。

それまで気持ちよく晴れていた空に急に雨雲が張り出して、ポツリと雨粒が頬に当たったかと思ったら、ザーザーと音を立てて降り始めた。稲光も走っている。

慌てるふたりは海岸沿いの、子供が中腰になれば三、四人は入れそうな狭い岩穴に避難する。

良樹の半袖のポロシャツも、夕羽の淡いレモン色のTシャツも、少々雨に濡れてしまった。

日差しがなければ夏でも寒く、良樹は岩穴の奥に膝を抱えて座りながら、両手でごしごしと自分の腕をこすっていた。

「どうしよう。風邪を引いちゃう……」

そう言ったそばからクシュンと、彼はくしゃみをする。

岩穴に吹き込む風や波飛沫《しぶき》から守るようにして、良樹の向かいに膝立ちしている夕羽が、彼の心配を笑い飛ばした。

「風邪引く方がマシだよ。今ここを出て家に帰ったら、雷に当たるかもしれない。父ちゃんが言ってたよ。空が光ったら、岩穴でじっとしてろって」

健康優良児の夕羽にとっては風邪なんて……という感覚なのだろうと良樹は理解した。

けれども彼にとっては、そうではない。

深いため息をついた彼は、独り言のように呟く。

「風邪引くと息ができなくなって、いつも入院になるんだ。白ずくめの空間に軟禁されるのは、嫌だな……」

夕羽は目を瞬かせてから腕組みをして、それについて考えているような顔をする。そしてなにかに納得して頷くと、ニッと笑って良樹に言った。

「よっしーはここで待ってて。今、黒服のおっちゃんを呼んでくるから」

そう言ったかと思うと、岩穴から雨の中に走り出て、その姿はあっという間に見えなくなった。

彼女を止められなかった良樹は、ハラハラした心持ちで帰りを待つことしかできない。

(雷が落ちたら、どうしよう。僕のせいで夕羽ちゃんが……)

自身の風邪の心配など吹き飛んで、彼女の身を案じる数分間が、随分と長く感じられた。

「夕羽ちゃん……」と彼が声を震わせて呟いたら、「よっしー、お待たせ!」と元気な声がして、岩穴の入口にびしょ濡れの彼女と、レインコートを着た四十代後半の男性、野崎《のざき》が顔を覗かせた。

野崎は三門家に二十年ほど仕えている事務方の使用人で、この夏休みは良樹の保護者代わりとしてこの離島に滞在している。

彼は良樹に子供用のレインコートを渡し、「これをお召しになってください。雨に打たれてお可哀想に。早く屋敷に帰って湯船で温まりましょう」と優しく心配する。

その直後にずぶ濡れの夕羽に厳しい顔を向け、怒鳴るように叱りつけた。

「良樹様をこんなに濡らして、けしからん奴だ。二度と坊ちゃんを連れ出すな。今度近づいたら許さないぞ。わかったな？」

良樹としては夕羽と遊ぶ毎日が楽しく、それを心から望んでいるため、彼女に少しの非もないと思っている。

今も自分のために雨の中を走ってくれた彼女が怒られる謂れはないと焦り、「野崎、やめて！」と、慌てて彼女への叱責をやめさせた。

そして理不尽に叱られた夕羽が傷ついたのではないかと心配したのだが……。

どうやら彼女は少しもこたえていない様子。

冷たい雨に打たれながら、両腕を頭の後ろに組み、「やなこった」と強面の野崎に舌を出してみせたのだ。

「私はよっしーと遊びたい。それがなんでいけないのかわかんない」と、あっけらかんとした調子で言った彼女に、野崎が驚いている。

夕羽の言葉が嬉しくて、良樹がパッと顔を輝かせたら、彼女は子供らしい無邪気な笑顔を彼に向けた。

「よっしー、今日はあったかくして寝てなよ。風邪引いたら遊べなくなっちゃうからね。明日の朝、迎えに行くから」

「またね！」と身を翻《ひるがえ》して雨の中を駆けていった彼女に、良樹は心臓を大きく波打たせていた。

「まったく、あの子は……。どういう育てられ方をしたら、ああなるんだ」とブツブツと文句を言う野崎は、良樹にレインコートを着るように再度促したけれど、彼は夕羽の去った方向に視線を止めたまま、放心したように動かない。

「良樹様？」

彼の心臓は早鐘を打ち鳴らし、野崎の問いかけが耳に入らないほどに頭はあることでいっぱいになっていた。

それは夕羽の胸だ。

濡れたTシャツが体にぴったりと張り付いて、膨らみかけの蕾の形が、くっきりと浮かび上がっていた。

夕羽が『またね！』と言った時にそれに気づいた良樹は、彼女を異性として強く意識する。

そしてそれは、彼も驚くほどに強烈なインパクトを与え、甘酸っぱい初恋の芽生えを感じていた――。


大人になり、大きく甘い果実を実らせた夕羽。

その豊満な乳房を楽しむ良樹が、昔の自分を思い出していたら、彼女が熱っぽい吐息を漏らしつつも、クスリと笑って言う。

「良樹は本当に、巨乳好きだよね」

すると彼は胸から顔を上げて、彼女の唇に軽いキスを落とす。それから彼女の目を見つめ、「違うよ」と真顔で否定した。

あの夏は、なるべく清らかで純粋な思い出として共有したいため、子供の頃にも欲情していたことは打ち明けないが、これだけは言っておかねばならないと、彼は口を開く。

「俺は巨乳好きではない。夕羽ちゃんのおっぱいだから好きなんだ。他の女性の胸に一切の興味はないと覚えておいて」

真面目な声できっぱりと言い切った彼に、夕羽は目を瞬かせる。

「その台詞、再会した日にも聞いたような……？」

この胸も唇も、髪の一本までも、良樹は彼女の全てが愛しくてたまらない。

（頼もしい君を、今後は俺が守ってみせる……）

そう心に誓って、彼女の柔らかな肢体を強く抱きしめる。

「愛してるよ、俺の奥さん」と甘く囁いて彼女の胸を高鳴らせると、ゆっくりと中へ入り込む。

快楽の波にふたりで揺られながら、ひとつになれる幸せに心を震わせる良樹であった。

END

あとがき

この本をお手に取ってくださった皆様に、心よりお礼申し上げます。

今作はハラハラせず、明るく楽しく読める溺愛ものにしようと思いまして、コメディ感を少々強めに出しました。

ヒーロー設定で最初に決めたのが大富豪。マイペースに庶民的な人生を楽しんでいた夕羽が、良樹の大富豪ぶりに巻き込まれていくストーリーを、私は楽しんで書くことができました。

読者様にも笑ってお読みいただけることを切に願っております。もし、コメディが苦手という方がいらっしゃいましたら、すみません……。

実は最後のプロポーズのシーンは、プロットの提案の段階では、もっと笑いに走ったものでした。

セスナで離島まで飛んできた良樹がスカイダイビングで降りてくる……と考えたのですが、それはさすがに張りきりすぎだと編集部の方からご指摘いただきまして、作中での登場の仕方に変えました。結果としてよかったように思います。

ヒロインの演歌好きについてですが、最近とあることで五木ひろしさんのお名前をよく耳にする環境にいたため、それを夕羽にはめ込んでしまいました。

でも演歌に詳しくない私でして、どれくらいの歌手と曲を知っているだろうと書き出してみたら、結構な数になりました。

自覚のないままに、私の中に演歌がしみ込んでいたのだな……と驚きです。

夕羽ほどとまではいきませんが、今後は意識して演歌を聞いてみます。

皆様も、ぜひ心に演歌を！

最後に、今作の編集を担当してくださった福島様、妹尾様、ご指導の数々に感謝いたします。文庫化にご尽力くださった多くの関係者様にも、厚くお礼申し上げます。

カバーイラストを描いてくださった北沢きょう様、色打掛がとても綺麗で感激です。杯を持っているのは夕羽らしく、最高に素敵な表紙絵をありがとうございます！

そして、この文庫をお買い求めくださった皆様、サイトでの公開中に温かい感想をお寄せくださった読者様、本当にありがとうございました。平身低頭でお礼を！

いつの日にか、またベリーズ文庫で皆様にお目にかかれますように……。

藍里《あいさと》まめ

藍里まめ先生への
ファンレターのあて先

〒104-0031
東京都中央区京橋1-3-1
八重洲口大栄ビル7F
スターツ出版株式会社　書籍編集部　気付

藍里まめ先生

本書へのご意見をお聞かせください

お買い上げいただき、ありがとうございます。
今後の編集の参考にさせていただきますので、
アンケートにお答えいただければ幸いです。

下記URLまたはQRコードから
アンケートページへお入りください。
http://www.berrys-cafe.jp/static/etc/bb

ふつつかな嫁ですが、富豪社長に溺愛されています

2018年8月10日　初版第1刷発行

著　　者　藍里まめ

発 行 人　松島 滋
デザイン　カバー　河野直子
フォーマット　hive & co.,ltd.
校　　正　株式会社　文字工房燦光
編集協力　妹尾香雪
編　　集　福島史子
発 行 所　スターツ出版株式会社
〒104-0031
東京都中央区京橋1-3-1　八重洲口大栄ビル7F
TEL　販売部　03-6202-0386（ご注文等に関するお問い合わせ）
URL　http://starts-pub.jp/
印 刷 所　大日本印刷株式会社

Printed in Japan

ISBN 978-4-8137-0508-6　C0193

ベリーズ文庫
好評の既刊

書店店頭にご希望の本がない場合は、
書店にてご注文いただけます。

『極甘ウエディング～ようこそ俺の花嫁さん～』

未華空央《みはなそらお》・著

叔母の結婚式場で働くのどかに突然縁談話が舞い込む。相手はライバル企業のイケメン社長・園咲。断れば式場を奪われると知って仕方なく了承するが、強引な始まりとは裏腹に園咲はのどかを溺愛。次第にのどかも彼に惹かれていく。でも、園咲にはある秘密が…!?

ISBN978-4-8137-0490-4／定価：本体640円＋税

『極上な彼の一途な独占欲』

西《にし》ナナヲ・著

派遣会社で働く美鈴。クライアントの伊吹は容姿端麗だが仕事に厳しく、衝突ばかり。自分は嫌われていると思っていたけど——。「俺はお前を嫌いじゃないよ」。ある日を境に、冷徹だった伊吹が男の顔を見せ始める。意地悪ながらも甘い特別扱いに胸が高鳴って…!?

ISBN978-4-8137-0491-1／定価：本体640円＋税

『俺様社長に甘く奪われました』

紅《くれない》カオル・著

総務部勤務の莉々子はある日、親友からホテルラウンジのチケットを渡される。そこに居たピアノを弾くイケメン男性に突然連れられ一夜を過ごすことに。週明けに社長室に出向くと、なぜか「付き合え」と強引に迫られるが、その社長こそ偶然にも、ホテルで出会った彼で!?

ISBN978-4-8137-0487-4／定価：本体650円＋税

『ご主人様は、イジワル侯爵!?～危険で過保護な蜜月ライフ～』

友野紅子《とものこうこ》・著

両親をなくし、没落しかけた伯爵令嬢のシンシアは、姉と姉婿と三人暮らしだったが義兄の浪費により、家計は火の車。召使いのように過ごしていたが、ある日義兄によって売り飛ばされてしまう。絶望したシンシアだったが、主人となったのはかつての憧れの人で…!?

ISBN978-4-8137-0492-8／定価：本体630円＋税

『クールな外科医のイジワルな溺愛』

真彩《まあや》-mahya-・著

交通事故に遭った地味OLの花穂。目覚めると右足骨折の手術後で、執刀医が、亡くなった父の担当医で、憧れだった天才外科医・黒崎と知り、再会にときめく。しかも退院時「またケガをするといけない」と彼の家に連れていかれ、ご飯にお風呂にと過保護に世話をされ…!?

ISBN978-4-8137-0488-1／定価：本体640円＋税

『クールな国王陛下は若奥様にご執心』

櫻井《さくらい》みこと・著

強国との戦いに敗れた小国の第二王女・リーレは人質として国王・レイドロスに攫われる。明るく振る舞いながらも心で泣き叫ぶリーレだったが「お前を娶る」とまさかの求婚宣言！　愛のない政略結婚だと割り切るリーレだったが、彼の寵愛に溺れていき…。

ISBN978-4-8137-0493-5／定価：本体630円＋税

『冷徹執事様はCEO!?』

悠木《ゆうき》にこら・著

執事の田中とふたり暮らしをすることになった令嬢の燁子。クールな彼が時折見せる甘い顔に翻弄されつつも惹かれていく。ある日、田中がとある企業のCEOだと発覚！しかも父の会社との資本提携を狙っていて…。優しく迫ってきたのは政略結婚するためだったの…?

ISBN978-4-8137-0489-8／定価：本体650円＋税

ベリーズ文庫 2018年9月発売予定

Now Printing

『熱愛前夜』 水守《みずもり》恵蓮《えれん》・著

綾乃は生まれた時から大企業のイケメン御曹司・優月と許嫁の関係だったが、ある出来事を機に婚約解消を申し入れる。すると、いつもクールな優月の態度が豹変。恋心もない名ばかりの許嫁だったはずなのに、「綾乃が本気で愛していいのは俺だけだ」と強い独占欲を露わに綾乃を奪い返すと宣言してきて…!?

ISBN 978-4-8137-0521-5／予価600円＋税

Now Printing

『君を愛で満たしたい～御曹司は溺愛を我慢できない!?～』 佐倉《さくら》伊織《いおり》・著

総合商社勤務の葉月は仕事に一途。商社の御曹司かつ直属の上司・一ノ瀬を尊敬している。2年の海外駐在から戻った彼は、再び葉月の前に現れ「上司としてずっと我慢してきた。男として、絶対に葉月を手に入れる」と告白される。その夜から熱烈なアプローチを受ける日々が始まり、葉月の心は翻弄されて…!?

ISBN 978-4-8137-0522-2／予価600円＋税

Now Printing

『エンゲージメント』 ひらび久美《くみ》・著

輸入販売会社OLの華奈はある日「結婚相手に向いてない」と彼に振られたバーで、居合わせたモテ部長・一之瀬の優しさにほだされ一夜を共にしてしまう。スマートな外見とは裏腹に「ずっと気になっていた。俺を頼って」という一之瀬のまっすぐな愛に、華奈は満たされていく。そして突然のプロポーズを受けて!?

ISBN 978-4-8137-0523-9／予価600円＋税

Now Printing

『好きな人はご近所上司』 円山《まるやま》ひより・著

銀行員の美羽は引越し先で、同じマンションに住む超美形な毒舌男と出会う。後日、上司として現れたのは、その無礼な男・瀬尾だった！　イヤな奴だと思っていたけど、食事に連れ出されたり、体調不良の時に世話を焼いてくれたりと、過保護なほどかまってくる彼に、美羽はドキドキが止まらなくて…!?

ISBN 978-4-8137-0524-6／予価600円＋税

Now Printing

『傲慢なシンデレラはガラスの靴を履かない』 佳月《かげつ》弥生《やよい》・著

恋人の浮気を、見知らぬ男性・圭一に突然知らされた麻衣子。失恋の傷が癒えぬまま、ある日仕事で圭一と再会。彼は大企業の御曹司だった。「実は君にひと目惚れしてた」と告白され、その日から、高級レストランへのエスコート、服やアクセサリーのプレゼントなど、クールな彼の猛アプローチが始まり…!?

ISBN 978-4-8137-0525-3／予価600円＋税

タイトル、価格等は変更になることがございますのでご了承ください。

ベリーズ文庫 2018年9月発売予定

『しあわせ食堂の異世界ご飯』 ぷにちゃん・著

Now Printing

料理が得意な女の子がある日突然王女・アリアに転生!? 妃候補と言われ、入城するも冷酷な皇帝・リントに門前払いされてしまう。途方に暮れるアリアだが、ひょんなことからさびれた料理店「しあわせ食堂」のシェフとして働くことに!? アリアの作る料理は人々の心をつかみ店は大繁盛だが……!?

ISBN 978-4-8137-0528-4／予価600円＋税

『王太子殿下の華麗な誘惑と聖なるウエディングロード』 藍里《あいさと》まめ・著

Now Printing

公爵令嬢のオリビアは、王太子レオンの花嫁の座を射止めろという父の命で、王城で侍女勤めの日々。しかし、過去のトラウマから"やられる前にやる"を信条とするしたたかなオリビアは、真っ白な心を持つレオンが苦手だった。意地悪な王妃や王女を蹴散らしながら、花嫁候補から逃れようと画策するが…!?

ISBN 978-4-8137-0526-0／予価600円＋税

『けがれなき聖女はクールな皇帝陛下の愛に攫われる』 涙鳴《るいな》・著

Now Printing

神の島に住む聖女セレアは海岸で倒れていた男性を助ける。彼はレイヴンと名乗り、救ってくれたお礼に望みを叶えてやると言われる。窮屈な生活をしていたセレアは島から出たいと願い、レイヴンの国に連れて行ってもらうことに。実は彼は皇帝陛下で、おまけに「お前を妻に迎える」と宣言されて…!?

ISBN 978-4-8137-0527-7／予価600円＋税

『傲慢殿下と秘密の契約～貧乏姫は恋人役を演じています～』 雨宮《あまみや》れん・著

Now Printing

貧乏国の王女であるフィリーネに、大国の王子・アーベルの花嫁候補として城に滞在してほしいという招待状が届く。やむなく誘いを受けることにするフィレーネだが、アーベルから「俺のお気に入りになれ」と迫られ、恋人契約を結ぶことに!? 甘く翻弄され、気づけばフィリーネは本気の恋に落ちていて…!?

ISBN 978-4-8137-0529-1／予価600円＋税

タイトル、価格等は変更になることがございますのでご了承ください。